松尾スズキ
イチマルハチ
講談社

1
0
8

装幀　佐藤亜沙美（サトウサンカイ）
絵　平井利和

# プロローグ

「あなた、聞いてる？」

妻が耳元のスマホで問う。2度目だった。

「うん」

かろうじて絞り出したかすれた声音で答えながら、海馬五郎《かいばごろう》は高校生のとき先輩に借りた顕微鏡で見た自分の精子のことを思い出していた。古い小型漁船から見渡せる青黒い海の波の中を、船が進むたび飛び散る泡の飛沫《しぶき》がそれを想起させたのだろうか。

元気な精子だった。レンズの向こうでうようよと、目的もプレパラートの中で犬死にする未来もまだ知らず、目的自体を探して、海馬の分身たちはアホのように泳いでいた。

「あなた、聞いてる？」

と、発するこの女の身体の中を、その奥を、その精子たちがかつてアホのようにうようよしたこともあったのか。彼女の声を聞きながら、もはや、その事実がはるか昔の記憶の中で霞んでいるように、海馬には思えていた。

「あなたは、今、どこにいるの？」

妻、綾子《あやこ》は、もともとそうなのに、さらに憂いを帯びた声で聞く。

船は、ただひたすらまっすぐに、暗い空を映した陰鬱な色の中、ドッドッドッドッと下半身に響く音を立てながら、ときどき大ぶりの波を受けダッパアンとバウンドしつつ、先には水平線しか見えない海を突き進んでいた。海馬は船上でマストに縛り付けられたプラスチック製の椅子に座っている。ごく普通の小ぶりの漁船だ。薄い色のサングラスにダークスーツという彼の出で立ちは、日本酒のCMに出てきそうなこの光景にまるでそぐわない。

海馬の視線の先では、聖矢《せいや》という若い男が床にじかに座り込み、船の揺れにも構わず電気コンロでスルメを焼きながら缶ビールを飲んでいる。この男は、自分にないものを持っている。海馬は、この先で出くわすだろうことに目いっぱい緊張しているのに、聖矢は、この未知の船旅にまったく頓着していない。鼻歌混じりで楽しんでいる。もりもりの茶髪で薄っぺらい胸をした若造のくせに少なくとも自分よりは器はで

かいんだな、と、うっすら思っていると、突然聖矢は「うっ」と口を押さえ、船べりによろめき走り、「うぶわああ」と海に吐いた。ああ、ただのバカなんだな。海馬は少し安心する。その一連の思いは、明らかに妻の声から逃げていた。

「私は、自分のことをすべて話したわ」

返事がないのでじれたように綾子が切り出した。

「で、あなたは、どうしたいの？」

どうしたい？　どうしたい？　海馬は綾子の言葉を借りて、自分自身に問いかける。なにも出ない。身体の奥を覗き込むように考えるが、出てこない。

「私は、ありったけの正直な話をした。と思う。だからお願い。あなたは、どうしたいか聞かせてほしいの。私を、どう裁きたいか、でもいいわ」

妻の声は、涙でうわずっていた。

海馬はさらに、自分の奥を覗き込み答えを探す。あの日見た精子のような灰色のうようよしたものが一瞬見えるが、動いていない。死んでいる。

スマホからまだ声が聞こえるが、もはや、それは、波や船の音と混じり合い、ある哀しさをまとった音楽となり意味をなさない。妻は、海馬の中のなにか、すでに死んでしまったものに問いかけているのだから。

船は膠着《こうちゃく》した海馬の心情とは裏腹に、冷たい潮風を切り裂き、島を目指して突き進んでいた。

# 1

♪恋は短い　夢のようなものだから
　女心は　夢を見るのが好きなの

長机に添えられたパイプ椅子に座り、もう冷めてしまったドトールのコーヒーを片手に海馬はぼんやり、目の前で歌う足の太い女優を見ていた。見てくれに比べて美しい歌声だ、とは思うが、だからどうした、とも思う。足が太すぎるじゃないか。
話は1ヵ月ほど前に戻っている。
10年前に自分が初めて撮った映画がミュージカル化されるにあたってのオーディションに原作者の立場として立ちあうため、海馬は会場となる新宿の演劇の稽古場にいた。かつては、薄汚い倉庫街だった場所を更地にして、大小の演劇の稽古場を擁する
その大きな3階建てのビルは、新宿ステージ村と呼ばれていた。海馬がいるのはその

中でも大きな部類に入る1階の部屋だ。部屋の外には「踊る精神科病院　オーディションョン会場」と、張り紙がしてある。女性だけの閉鎖病棟で繰り広げられるコメディ映画。踊るとタイトルされているが、実際にダンスするシーンがあるのは患者がレクリエーションで踊るワンシーンだけであり、「踊るようにかしましい日々」というような意味合いだ。その解釈を無理やり広げてダンスナンバー満載のミュージカルにするというのだ。なんとなく不謹慎の臭いのするこの企画、よく通ったなと、海馬本人が驚いている。

海馬の席は壁を背に入り口と向き合う位置にあり、両隣に演出家と音楽家がいる。机の並びには、脚本家、振付師、他に何人もスタッフがいるが、彼らがどういう役割を果たすのかは、外様《とざま》の海馬にはわからないし興味もない。

始まって2時間。

飽きた……。

と、感じてから1時間経つ。

演出席から左手の壁に沿って、何十人という俳優がおのおのジャージやレオタードに着替え、床にじかに座って自分の順番を待っている。ストレッチをしたり、あらかじめ配付されたセリフを読みこんだり、なんの準備かわからないが、ただ大口を開け

て虚空を見つめてフリーズしているものもいる。自分の名をアシスタントプロデューサーに呼ばれれば、彼らは部屋の真ん中まで飛ぶように来て、海馬たちに正対して自己紹介をし、部屋の右手のアップライトのピアノの前にいるピアニストに持参した楽譜を渡す。そして歌を歌う。あるいは、振付師のアシスタントにCDを渡し、デッキでかけてもらって、踊りもする。脚本から抜粋したセリフを言う。それが終わると演出家や音楽家があれこれ質問をし、海馬にもそれが求められる。俳優たちは、非日常的なまでにキラキラした眼差しで海馬を見ている。涎《よだれ》を垂らさんばかりに。その貪欲さにどんどんエネルギーが吸いあげられているのを感じる。

聞きたいことがないのだ。

皆、歌がうまい。踊りもうまい。たとえば、隣にいるミュージカル俳優でもある演出家の宿譲二《やどじょうじ》は「君には確かな伸びしろがある、だけど今の私にそれをつかむ手の持ち合わせがあるかどうか……」などと、うまいようなよくわからないようなことを言っているが、自分にはなにかを質問するほど彼らのスキルの違いが判らないのである。いや、唯一聞きたいことがあるとすれば、彼らがオーディション用に送り付けたプロフィール写真の美しさと、現実に目の前にいる本人のルックスとのギャップについてであるが、そんなことを聞いてもどうしようもない空気になるだけだということ

はわかっている。

そもそも気乗りのしない仕事だった。映画は海外で評価され低予算ながらそこそこ話題になったが、なぜ今さら舞台に？　しかもミュージカルにせねばならないのか？　マネージャーの堀切《ほりきり》がいつの間にか決めたことであって、海馬にはいまだにピンと来ていなかったのだ。いつも何かの仕事の途中で、よく考える暇もなく次の仕事が決まり、仕事が始まった段階で「なんで自分はこれを受けたのだろう？」と首をひねる。ひねりつつも決まっているのだからやる。その途中でまたバタバタと仕事が決まっている。そういうサイクルが40を過ぎたあたりから10年以上続いている。

今、机の上でノートパソコンを開き、オーディションの記録をつけているふりをしてこっそり書いている『週刊　仕事』のための1200字のコラムもそうだ。「仕事について」のコラムなど何十本も書いて来ただろうになぜまた受けた？　なんて考えている間に3日、締め切りを過ぎていた。

『気が進まない仕事をしている』

俳優たちのパフォーマンスを横目に海馬はキーボードを叩いている。どうせ、最終的な決定権は、演出家の宿や音楽家にあるのだ。それに今日すでに2度、堀切にせっつかれている。朝のうちに書いてしまおうと思っていたが、妹のマリから電話がかか

って来て、入院中の父親の件で2時間も話し込んでしまい、機会を逸していたのだ。

『だが、気が進まなくなってからこそが仕事だといえる。休まず仕事をする理由？三つある。一つ、お金が好きだ。二つ、女房が浪費家だ。三つ、その女房を少なからず愛している。だが、愛す暇もないほど私は働いている。それが女房のためなら、仕事もまた愛だと思って』

「愛している」なんて書くのはもちろん自分の芸風ではないが、だからこそ、いつか使ってみたいフレーズだった。どうせ、こんな地味な雑誌、周りの人間は誰も読んでいないだろうとふんでのことではあるが。そこまで書いたら、演出助手がポンと手を叩いた。

「はい。前半は以上になります。ありがとうございました。後半再開は、3時半、10分後になります」

聞くなり、忙しく俳優たちに指示を飛ばしていたゲイの振付師が、海馬のところまで来て耳打ちした。

「先生、内職はほどほどにお願いしますね。みんな真剣なんですから」

ばれていたか。海馬がパソコンから両手を上げてうなずくと振付師は「こんな作品でもね」と皮肉なダメ押しをして、キレイなフォームで踵《きびす》を返し、去って行った。

それを確かめてから、こう打った。

『50歳を過ぎて、怒られる。けっこうシャレにならない温度で。それも仕事というものの醍醐味だ』


稽古場の外の玄関の脇の喫煙所には4～5人の俳優がいた。海馬が現れると異様に恐縮し、座っていたベンチから立ち上がろうとしたりするので、「いいよいいよ」と隅に行き、なんだかもうしわけない気持ちで壁に向かってメビウスを吸っていると、マネージャーの堀切から今日3度目の電話がかかって来た。

「『週刊 仕事』の1200字のコラム、進行状況どんな感じでしょう？ 我が社としては、そろそろ正式な謝罪の予感がして来ましたが。いかがでしょう？ その前に、あちらに誠意を見せる形で書いた分だけでも送っていただけますか？」

彼女が担当になって10年を過ぎるが、あいかわらず前置きなしに温度のない声音で人を追い詰めてくる。追い詰め方に遊びがない。そんな喋り方だから38歳になって結婚もできないんだよ、春夏秋冬葬式帰りみたいなかっこしやがって、と言いたいが、すべては自分がいつも締め切りを守らないから、時間をかけてそんな女になってしまったのかも知れないと思えば、それはそれでかわいそうだ、とも思う。

「ええとね。出来上がったものを読んでいただきたいので」と海馬が腕時計を見て「オーディションが6時までだから……」その後急いで書くから、と言おうとすると、食い気味に、「オーディション中に書いてるの知ってます。主催者側から苦情来てますから。ということで、5時までによろしくお願いします。5時、マストで」と、堀切はまくしたてた。言いわけがしたい。したくてたまらない。父親の件で午前中ゴタゴタしていたことは堀切にも伝えたが、それを蒸し返しても締め切りが延びないことは、海馬もわかっている。

とにかく煙草を吸っている場合じゃないな。海馬は電話を切って、顎ひげの辺りをかきむしり、大きくため息をついた。

その時、

「休憩中のところ、失礼します。海馬さんですよね」

と、海馬の背後から、若い女が声をかけて来た。振り返ると見た顔だ。少し色の入った長い髪。大きな瞳。はにかんだような笑顔。すぐに思い出した。オーディション用の履歴書に貼りつけられた写真の顔だ。海馬は書類審査で推したが、確か習っているダンスの種類が今回の作品に向いていないということで、審査の段階で落とされた女優ではなかったか。

「お話ししたいことがあるんです」と、女は言う。

煙草を吸う様子でもない彼女がここにいる、ということは、海馬が喫煙者であることを知っていて待ち伏せた、ということだろう。やっかいの臭いがする。

「あ、ひかないでくださいね」

その気持ちを察したのか、彼女は両手を小さく胸の前で振って少し頬を赤らめた。

「オーディションの話ではないんです。5分だけでもいいんで、お伝えしたいことがあるので。あのダメですか？」

周りの人間を気にして、女は小声で囁いた。その声には、無視できない切実さがあった。

「5分か、ううん、なんだろう？」海馬がもたもたと言うと、「大事なお話なので」と、眉を八の字にして何度からなずく。そのとき、長い髪の間から肉厚の白い耳が覗いた。

海馬は思った。

珍しい。プロフィール写真よりぜんぜんかわいいじゃないか、と。

「できれば二人で、少しだけお話しできますか？」

女は言った。

海馬は吸いかけのメビウスを灰皿に押し付けた。少し指を火傷しかけたが、悲鳴は耐えた。

20秒後、二人は、2階の稽古場に連なる芝居のポスターやチラシがベタベタ貼られた階段の踊り場にいた。

女は、赤井美月《あかいみつき》と名乗った。20代後半だろう。テレビに出ていれば普通のOL役レベルの容姿だろうが、現実の人間として目の前にいるとやはり、そこらに転がっているような女ではない。東京では、たとえばドトールの店員の中にすら「え?」と二度見するくらいキレイな女が存在する。そういう女は十中八九女優かモデルの卵だ。それが少し残念だと海馬は思ったりする。ドトールの中では彼女は輝いていられるのに、女優の世界では十把ひとからげの存在として雑に扱われる。そうでなければドトールで働いていない。それを見ると、つんと切ない気持ちになるのだ。彼女もまた、美しいのに雑にされることに慣れてしまったものの哀れを醸している。20代も半ばを過ぎて、こんなパッとしないオーディションに落ちていること自体、女優としては少しばかり不幸なことなのだ。

「ええと、正直に言うよ。僕は君を推したんだけど、どうも、振付師が言うには、習

っているダンスの種類が……」

海馬が言い訳がましく言うと、美月は笑い、手のひらを見せて制した。

「いいんです。大丈夫です。ダンスの経験が短いのは承知の上です。海馬さんに顔を覚えていただいたというだけで、今日お待ちしていたことの価値を感じています。あの、お世辞ではなくホントに尊敬しているので」

「ああ。そうなの？」海馬は、せいぜい努力して喜びを抑え無表情を保った。

尊敬。30代の頃、権威ある賞をとり、気鋭の脚本家と一目置かれた時代には、わずかだがそんな言葉を耳にしたこともあった。いつの頃からかコラムや小説などに手を出し作家として忙しくなり、流れ作業のように目の前の仕事をこなす「なんでも屋」になった今となっては、もう過去の話だ。あの頃、どうして「尊敬しています」などという露わでパンチの利いた言葉をあんなに、フラットに受け止められたのか？誇り？それはもちろんのこと、体力があったから、としか思えない。忙殺の日々の中、評価というものに鈍感になってしまった今、突然、見知らぬ若い女優にそう言われ、半ば暴力を受けたように動揺しているのを海馬は感じていた。尊敬なんて言葉、もはや、自分には荷が重い。卑猥な言葉にすら聞こえる。歳だ。歳を食ってしまったのだろう。

「もう映画は撮らないんですか？」いきなり差し出された尊敬を脳が処理しきれていない様子の海馬に美月が追い打ちをかける。「この『踊る精神科病院』みたいな作品。私、女の友情ものに弱いんです。だからこの映画が大好きで、それでダメ元で応募したんです。今日は、友達が書類で受かったんで場所を聞いて来ちゃいました」

「ああ、なるほど」ようやく落ち着きを取り戻し、海馬は寂しそうに笑った。演技と本音の中間くらいのトーンで。「僕の映画は、当たらないんだよ」

「ええ？　あんなにおもしろいのに。おかしいです、それは」

海馬だってそう思っていた。当てないつもりで映画を撮る人間はいない。

「日本の人は、おかしい人がいっぱい出てくる映画は、あまり見たくないみたい」

海馬が言うと、

「少なくとも私は見たいです」と、美月は頰を膨らませた。

ああ。お世辞でもいいのでずっと美月の言葉を浴びていたい、できれば今右手に酒のグラスがほしい、できれば赤ワイン、キャンティ・クラシコだ、などと思うが、なにしろ時間がない。

「ええと、ありがとう、でもそういう話なら今度また」

それを聞いて美月は、「ごめんなさい。そんなつもりじゃなくて」と、慌ててポケ

ットからスマホをとりだした。

「私、実は最近、見つけてしまって」

「見つけた？　……何をだ？」彼女の声音から、もうすでに海馬は不穏の臭いを感じとっている。

「あの、差し出がましいことだとはわかってるんですけど、もし、海馬さんがお知りになってないとしたら、かわいそうだなと思って」

「かわいそう？」美月のただならぬ困り顔に海馬はさらに身構えた。

「知らないでいるよりは、知った方がいいと思うんです。これ、奥さんですよね」

そう言って、美月はＦａｃｅｂｏｏｋのアプリを開いて、海馬に見せた。

それが、地獄の始まりだった。


「いつからだ？」

夕暮れのマンションのリビングで、海馬は、妻の目を見すえて言った。いつからだ？　いつからだ？　言葉の出だしは、これに決めていた。綾子が買い物から帰ってくるまで、何度も口に出してリハーサルした言葉だ。一度だけ、不意に怒りが頂点に達し、リビングに響き渡るほどの「いつからだ？」が飛び出したが、それは違うと思

って、引き下げ、静かに言う方向性を選んで切り出した。

「いつからなんだ？」

「なによ？　いきなりなに？」

綾子は少し動揺し、そういうときいつもするように質問で返して来た。それも想定済みの答えだった。

「君がフェイスブックなんて安っぽいことをやる女だとは思わなかったよ」

これでこちらの言いたいことはだいたいわかっただろう。

綾子は、声に出さずに「フェイスブック、フェイスブック」と口の中で唱え、目をしばたかせて「ちょっと待って」と、買い物袋をダイニングテーブルに置いて、上着を脱いだ。

「ああ、置け置け、気のすむまで話の出来る態勢になれ。俺も座る」

海馬は、綾子が二子玉川のインテリアショップでそろえたダイニングセットの椅子に腰かけた。実際、こちら側としても、ネギが大きく覗いている買い物袋を持った相手とできる話はするつもりはない。たとえ、それがオオゼキでなく成城石井の買い物袋だとしてもだ。彼女が、神妙な面持ちで椅子に座るまでの間に、海馬は、自分のスマホでＦａｃｅｂｏｏｋを立ち上げ、彼女の目の前に差し出した。

「なにが書いてあると思う？」

綾子は2秒ほど目をつむり、口を開いた。

「知ってるわよ。自分で書いたんだから。誰に聞いたの？」妻の目には、うっすら涙がたまっていた。なにかの覚悟はできている。だが、力の残っている限り抗いたい。そういう目だ。

「あなたフェイスブックやらないでしょ」

「とある、女優だ」

「女優？　あなたが、いつもキャスティングの候補に出す、あの巨乳の？」

綾子は、海馬といつかネットで噂になりかけた女優のことを言っている。崖っぷちでまだ戦おうというのか？

「あの人ではないし、巨乳ですらないし、あの人とはそもそもなにもないし、それは、何万回も言ったことだ」

「どうせ私は貧乳よ」

「そんな話はしてないし、貧乳ではなく美乳だと俺は思っている。それも、何万回も言っていることだ。微妙の微、でなくて、美しい方の美だ。微の場合、乳首から下の膨らみはなく、美の場合、多少なりともある。もう、やめろ。今は、君を褒める時間

じゃない」

「…………」

もう話はそらせられない。唇を細め、ふーっと息をつき、綾子は、観念した女の顔になった。

なんて美しい観念した顔なんだ。尋問の最中なのにうっかり海馬はそう思ってしまう。

綾子は元女優だ。まさに『踊る精神科病院』に看護師役で出演したことがきっかけで、海馬と夫婦になった。初めの結婚に失敗してから二度とするつもりはなかったが、海馬は綾子の知的な物腰に惚れこんでしまった。結婚を機にしばらく女優を休んだ綾子は、元々派手な人気もなかったため、その間にあっさり世間に忘れられ、野心が大きい方でもないので、粛々とそれを受け入れ、今は専業主婦をしている。海馬は二人で生活し、淡々と老いていく人生を気にいっていた。今の今までは。欠点があるとすれば、やや浪費癖があるというくらいか。

「で、その人は、どうしてそれを書いてるのが私だとわかったの？　偽名で書いていたのに」

海馬は、Ｆａｃｅｂｏｏｋのアイコンを指さした。丸いフレームの中にアップで映

った鼻だけのアイコン。美しいがどこか鼻の穴の主張の激しい鼻だ。

「こんな特徴的な鼻はおまえしかいないだろ？　そのあの、女優の人はな、『踊る精神科病院』を20回も見たんだそうだ。すごいだろ？　だからわかったんだって言ってたよ」

患者に鼻の穴に指を突っ込まれるシーンがある。だから、綾子の鼻はより見るものに印象付けられる、そう、美月は言っていた。

「なにを書いた？　読んでみろ」

「だって読んだんでしょ？　じゃあ、おおむね書いてある通りよ。それが事実よ」

「最初の2行は読んだ。あとは吐き気がして読めなかった。いいから読め。読んで自分が一体何をしたのか嚙みしめろ。そして、何であんなことを書いたのか、話せ」

海馬は妻の鼻の先まで、スマホを突き出した。

「嫌よ」綾子の目から一筋の涙が落ちた。それは、悔悟、にも見えるし、恥辱に耐え切れず、とも見える。

「ごめんなさい、ごめんなさい！　嫌です」

「いいから読め！　読まないと、わめき散らすぞ！」声を荒らげるつもりはなかったが、自分に抗えなかった。

綾子はため息をついて、髪をかきあげ、スマホを受け取り自分の書いた詩のような文章を読み上げ始めた。

『……自分の気持ちを偽り続けるのはもう不可能だ。だから書く。脚本家の旦那と結婚して、女優を辞めて7年。私は今、新しい恋をしている』綾子は鼻を赤くし、はらはらと涙をこぼし始めた。『主人以外の、もっと若い男に。彼はダンサー。天使のように美しい顔で、悪魔のように踊る男だ』

「ぎゃあああああ！」

いきなり感情が沸騰し、海馬はのけぞって叫んだ。

「なによ。結局わめき散らすんじゃない！」

綾子が、スマホをテーブルに置いたとたんそこからファンファーレが鳴った。

「なんだよ！」海馬が身をこわばらせて叫んだ。

「なんだよじゃないわよ。あなたの電話よ」綾子は相手の名前を見て、電話に出た。

「ああ。堀切さん？　今、代わりますね」そして、海馬に渡した。

「ちょっとおい、なんで出るんだ、バカ！」

「今、バカって言いました？」堀切の例によって温度のない声がスマホから聞こえる。

「いや、ちが、違う。君にじゃない」

「どうします？　約束の時間だいぶ過ぎましたが。今回のコラム、落としますか？　男らしく。どーんと。破滅的に」

「いや、破滅的にって、そういう言い方、よくないよ。大変なんだよ、こっちも」

「大変ですか？」堀切は言う。「私、これから別件の打ち合わせをキャンセルして『週刊　仕事』の編集部に、紀ノ国屋で堂島ロール買って謝りに行くところですけど、その私よりも大変、ということでよかったですか？」

そう聞いて海馬は、身体の中から雑巾を絞るように「多分」と、絞り出した。

しばしの沈黙の後、堀切は「……では、あと30分だけ待ってもらいます」と静かに言って電話を切った。

「30分待て！　今の感情を忘れないまま」

海馬は、綾子にそう言って、書斎に駆け込んだ。


『なにがあっても私は働き続けることを選ぶ。仕事は私を待ってくれないからだ。たとえ、愛する浪費家の妻に裏切られて、心がめちゃくちゃになっていても……締め切りは、世界の終わりに似ていて、必ず来る。そういうものだ』

書斎は6畳ほどの洋間だ。海馬は仕事机のパソコンの隣に赤ワインのボトルを置き、グラスを呷《あお》りながらけたたましい音を立ててキーボードを叩いている。やがて、その音に、ドンドンドンと鈍い音が並走して来た。

少し前から、部屋のドアを綾子がノックしている。

「お願い、話を聞いて。後悔してる。あれは、私の妄想なの。ただの、妄想日記なの！」

海馬はワインをがぶ飲みして、頭をかきむしった。

「今は黙っててくれ、頼むから。後5行分我慢しろ。そしたら、しっかり蒸し返すから！」

そして、またパソコンに向かうが、昼間、美月が階段の踊り場で朗読してくれた綾子のFacebookの言葉が脳裏によみがえり邪魔をする。

『○月○日　それは、夫がシナリオ講座の仕事で立川に行った夜だった。いくらでもある夜の一つだったが、その日は違った。暇を持て余した私は、友達に誘われてあるダンサーのソロライブを観に青山スパイラルホールに行った。そこで私は、悪魔を目にし、魂をわしづかみにされたのだ。彼の名は、森山圭《もりやまけい》。28歳。なにもかもが美しすぎた。一発で恋をした。一瞬、では、キレイごと過ぎる。一発だ』

完全な恋愛日記じゃないか。いや、ラブレターだ。妄想などではない。具体的すぎる。

『○月○日　女優時代の友達と飲みに行くと嘘をつき、また私は、彼の公演を観に行った。5回目だった。「下北沢楽園」、劇場の名前まで何かを暗示している。タイトルは「月の下の蛇」。明かりがつくと、そこには確かに白い蛇がいた。五体を動かしながら、彼は一本の蛇にしか見えなかった。そのしなるような律動するような動き、それのみで、彼は私に語りかけていた。ついて来いと言っているのだ。僕に魂を預けるか？　僕と一緒に蛇になるか？　あなたの尻尾は、完全に私の中に、奥に、突き刺さったり、じらすように引き抜かれたりした。それは、セックスとなにが違うというのだろう？』

読んで、美月はクスッと笑った。

「詩人なんですね。いいねボタンが108回も押されてます。こういうのが、延々書かれてるわけです。立川のシナリオ講座、私行きましたから、これ、完全に海馬さんの奥さんだなって。……やっぱり、知っておいた方がいいですよね」

そのときは恥ずかしいという感情が勝っていた。妻が詩のような恋文を書いているのを他人に知られたのが、死ぬほど恥ずかしかった。

今は、嫉妬しかない。

いや、108回という数字に対する怒りも。


バンと書斎のドアを開けて、海馬は廊下に出た。

廊下に座り込んでうなだれていた綾子は驚いて顔を上げた。緩いパーマを当てた髪の一部が口の中に入っていた。

「おまえ、寝てたな?」

慌てて髪を払い、妻が言った。「そ、そっちこそ、仕事終わったのね?」

「そっちこその意味が分からないんだよ。なんで……なんであんなバカなことを書いた? いつから? いつからああいうことになってるんだ?」

「半年くらい前から。……でも書きこんでいるだけ。あれを書いたのは、……あなたを裏切らないためよ」一言一言、言葉を選ぶように綾子は言った。

「説明願いたいね」少し混乱したが、平静を装って海馬は言った。

「あれから、何度も森山君の公演に行ったわ」

「森山君とか言うな」

「あ。はい、ごめん、だけど、思っているだけ。いや、嘘ついた。2度ほど劇場で出

待ちして、握手を求めた。でも、ただのおっかけよ。どうせ、こんな忘れられたおばさん、相手にしてくれるわけないし。だからこそ思いが募ってる。それだけよ。でも、それを胸に秘めてたら、もっとあなたに残酷な嘘をつくことになる。だから、あそこに吐き出してるだけなの。あれは、私の、私だけの大切な妄想よ！」ついに、綾子は本格的に泣き出した。「余計な告げ口しやがって、どうせ売れない女優が気をひこうとしてるだけよ！」

恋の高揚で芝居がかった綾子の言葉を聞きながら、海馬は口をへの字に曲げて、なにかを耐えていた。それがどんな感情なのかわからない。ただ、耐えるのをやめたら本格的な絶望に自分が呑みこまれてしまう。そんな気がしてならなかった。

「で？」海馬は言った。「これから、どうするつもりだ」

「どうするもこうするもないわ」薄く、綾子は下を向いて笑った。「変な顔しないで。私は、あなたと結婚しているのよ。一生あなたとやっていくだけよ」

「ん？　ん？」海馬は大混乱した。

「うん。あなたと一生うまくやる自信はある。これから始まるこの人の全国ツアーについていくことを、あと、この人とのセックスを想像して生きることを許してくれさえしたら」

そう言うなり、綾子はブルーのブラウスを脱いで、黒いキャミソール姿になった。

そして、露わになった左肩をグイと海馬に見せた。

肩から肘までにかけて「ＭＯＲＩＹＡＭＡ　ＫＥＩ　ＬＯＶＥ」という文字に蛇がまとわりついた洋風の柄の、まさに彫りたてなのだろう、色鮮やかなタトゥーが入っていた。

それを見た瞬間、頭の中で歌が聞こえた。そうか、どこかで聞いたと思っていたが、あの足の太い女優の歌……。

♪恋は短い　夢のようなものだから
　女心は　夢を見るのが好きなの

１年前、二人で海馬の故郷、九州芦屋の海岸を歩いた時、なにげなく綾子がつぶやくように、こう歌ったのを思い出した。その歌声も、潮風に髪を洗われ目を細める綾子も美しかった。とても40歳には見えなかった。あのひととき、感じた安らぎの尋常でない安定感。覚えている。砂浜に転がったいくつかの流木の配置、朽ちかけたベンチの色の丁度よさまで。それほどあの時間と空間は安定していた。その記憶が、今、

目の前で鋭利な刃物で切り裂かれたような、いや、バケツ一杯の墨汁をぶっかけられたような、いや、どうだろう、いやいや、大量のザリガニの死骸を……例えている場合じゃない。まったくない。安定の梯子を外され爆破されたビルのように崩れゆく記憶のあれやこれやの前に、ただただ血の気が引いていた。

うまくやる自信はある？

一生あなたとやっていくだけよ？

これから、開き直り過ぎた妻に別の男を想われながら、ともに一生を終えろと言うのか？　あの日、綾子が歌った歌は、今はもう別の男に捧げられていると知りつつ、結婚をしているという、ただ、その事実だけをよすがに。

気絶しろ。

海馬は、そのタトゥーに釘付けになりながら、自分に呪いをかけた。

今すぐ、気絶しろ。俺。

しかし、そうはならず気がつけば「出ていってくれ！」と、力の限り叫んでいた。

耐えていたのはこれか。この雄たけびか。後からそう思った。

例によってありきたりなカンツォーネが流れている。

妹のマリが経営する瀟洒《しょうしゃ》なイタリア料理店『ソレッラ・ヌーダ』の小ぶりのカフェテラスで、なんとなく海馬はそう思ったが、ありきたりでないカンツォーネとはなに？　と、聞かれれば、何とも答えられないな、ともぼんやり思ったりしていた。次の日の昼下がりのことだ。

同じテーブルには、10年ほど前イケメン俳優として名をはせていたが、今は通販番組の司会を主にやっている糸井《いとい》、そして、海馬と同世代の舞台女優、砂山美津子《すなやまみつこ》がいた。二人とも海馬の古い仕事仲間であり友達だ。他には遅いランチをとっている客がちらほらといるだけだ。

「ああ、出て来た」グラスシャンパンを飲みながら、iPadのYouTubeアプリをいじっていた糸井が声を上げた。「森山圭で探してたからなかったんだ。本名はモデルのときで、ダンサーとしてはケイ・モリヤマってて名前でやってるみたいですね」

糸井が差し出すiPadの画面では、白い舞台空間の中、白い継ぎはぎだらけの細身のスーツを着て金髪を逆立てた若い男が、クラブミュージックに合わせてブルブル震えたかと思えばクネクネ動きまわるという不思議なダンスを踊っていた。

「やめて……」美津子が自分の吸っている煙草に咳き込みながら言った。「私、コン

テンポラリーダンス見ると絶対その夜、金縛りにあうのよ」

糸井も顔をしかめている。

「よく知りはしませんが、いろんなものをパクってる感じです。ださいという言葉以外思い浮かびませんね。ああ、目にカラコン入ってるし。首にタトゥーだ。ださい通り越して、ちょっと、やばい、男ですね」

モデルでコンテンポラリーダンサー。カラコンにタトゥー。海馬はため息しか出てこない。どう勝負していいか、まったくイメージできない。

「でも、人気あるんですよねえ。ファンクラブまであるらしいですよ。白蛇の集いだって」今度は、スマホでWikipediaを調べ始めた糸井が言う。「グッズもけっこう出してます。石だとか、ネックレスだとか、なんだか宗教っぽい感じですねえ」

「怪しいんだよ。なにからなにまで。こんな怪しいやつに惚れこんじゃってるんだよ。金をつぎ込んでるわけですよ、うちのやつは。俺の金をね。俺があくせく働いた金を。どう思う？」

「ううん、はっきりしているのは……」通販番組に倦《う》んでいるのか、最近憂いが常にまとわりついている目で糸井が海馬を見すえる。「長いこと海馬さん、奥さん抱いて

ないってことですよね」

言い当てられて海馬は茫然とした。

「なんでわかるの？　って顔してますけど、普通肩に刺青《いれずみ》入ってたら気づきますよ」

「ううう」唸るしかなかった。

「最高じゃない！」突然、美津子が高いトーンで言った。

「なにが⁉」海馬が色めき立ち、思わず肘でワインの入ったグラスを倒した。

「いやだ、ここのガーリックスープよ」

「……ああ」

「怖い目しないで」美津子が、黒いマニキュアを塗った指で胸を押さえた。「私パニック障害って診断されてから、どんどんパニック障害なんだから」

「美津子さん、深呼吸深呼吸」ナプキンでテーブルを拭きながら糸井が言った。「海馬さん、もうちょっとクールダウンでお願いします」

「ここのガーリックスープ、胡椒が利いてて最高においしいって言いたかったのよ」

美津子がハンカチを額に当てて言った。

「ごめん、ごめん」海馬は、テーブルのカラフェに入ったワインを、グラスに注ぎながら言う。「ローマ風でね、そうそう、卵以外にゴチャゴチャ具が入ってない

のがいいんだ」

「サラダドレッシングも最高。自家製ですか？」糸井が聞く。「ニンニクと、玉ねぎと……そうだな」

「ホースラディッシュ」と、美津子が指を立てる。

海馬は店の奥で料理を作っている妹に「マリ！」と、声をかけた。「帰りにドレッシング二つ、おみやにしてあげて」

「はーい」と、明るい声が返って来た。

「で、どうするつもり？」美津子が声をひそめた。

海馬は鼻から息を「ふん」と吐いて返事をした。「無理だよ、他の男を想われながら一緒に暮らすのは。それに、出てけって言われたら1時間で旅支度だよ。なんだよ、あのスピード感」

「今どこに？」糸井が聞く。

「友達のマンション。女優時代のスタイリストの」

「別れるつもり？　バツ2になっちゃうわよ」

海馬にはイギリス人の前妻との間に今年19歳になる息子がいた。

「バツ2かあ、きついですね」と、言いながら、糸井が美津子を横目でちらりと見

る。

美津子が顔の前で手を振り、「私のバツ3の話はしないでね。まだまったく笑い話にできない鮮度なんで」。そう言って指で涙をぬぐうふりをした。

糸井が、また真剣さを取り戻して海馬に向き直って聞く。

「結婚して何年でしたっけ?」

「7年」海馬が答える。

「7年か。長いですね」

「長くたって、こうなるんだ。前のとは、10年だったしな」

「いや、そういうことじゃなくて」と言って、糸井が急に顔を輝かせた「来た!」

マリが、店の中から大皿に盛ったソフトシェルクラブのパスタを持って来たのだ。

「お待たせしました」

マリがもうもうと湯気を上げるパスタをチェック柄のテーブルクロスの上に置くと、糸井が手をこすりながら歓声を上げた。「これはたまりませんな」

話の腰をまた折られて、海馬は聞こえないように舌打ちをする。

「蟹って大好き。頭からこの皿に飛び込みたい気分だわ!」満面の笑みで美津子はマリを見上げた。「五郎ちゃんの妹さんよね」

「はい、マリです。お二人ともテレビで、よく見てます」

マリは、海馬の7つ下の妹だった。

「マリさん、て感じが全身から出てるわ」美津子が言う。「一人でこのお店を？」

「ええ。始めた頃は、夫婦でやってたんですけど。まあ、今は一人で」マリが、少しだけ困ったように言う。

「あら、じゃあ、私たちのお仲間ってことかしら。バツ1？」

目の前のパスタがよほど気に入ったのか、美津子のテンションはどんどん上がっている。しかし、マリは海馬に助けを求めるように見るばかりでなにやら答えづらそうだ。

「え？　え？　まさかバツ2？」美津子が目を丸くする。

「亡くなったんだよ、旦那は。癌で」努めて事務的に海馬が言った。「去年ね」

美津子は「ごめっ」と言って言葉に詰まり、また胸を手で押さえる。「……あの、ごめんなさい。そうよね、離婚ばかりがお別れじゃないわ」

糸井が「呼吸を深くねー」と言いながら、慣れた手つきで美津子の背中をさする。

「すいません、大丈夫ですか？」マリが聞く。

「いえいえ、ほんとにごめんなさいね。大丈夫です」少し青ざめた顔で美津子がマリ

に言う。「私、パニック障害なもんだから。まあ、だからってことでもないけど、軽率なこと言っちゃうの」

海馬がイライラを抑え込んで言った。

「マリ、もういいよ、他のお客さんもいるだろうし」

「うん」と、言いつつ、マリはもの言いたげだ。

「なんだ？」

少し声をひそめて、マリは言った。

「おにいちゃん、綾子さんのことで大変かもしれないけど、お父さんに会いに行ってあげてね」

「……わかってるよ」目を見ずに海馬が答える。「仕事が落ち着いたらすぐ行くんだから俺は」

「あら、お父さんがいらっしゃるのね」ようやく落ち着いた美津子が言った。「お父さんの話なんかまったくしないから、この人。お元気？」

また、困ったようにマリが海馬を見るので、しかたなく、という感じで海馬が言った。

「末期癌でホスピスにいるよ」

美津子が胸に手を当てる前に、糸井が背中をさすった。

「悪気があって……」美津子がか細い声でかろうじて言った。「悪気があって言ってるわけじゃないのよ」

「もちろんです。すみません、癌ばっかりで」そう、もうしわけなさそうに言って、マリが頭を下げた。「兄のこと、よろしく頼みますね。一人だと何にもできない人なんで。パスタ、冷めないうちに。あ、ドレッシング2種類ずつとり置いてますんで、帰りにどうぞ」

美津子はかける言葉もなく、情けなく笑いながらマリに手を振った。

マリが店の中に消えると、グイとワインを飲んで口を拭い、海馬は糸井に、肘をテーブルに据えて向き直った。

「で？」

「で？」糸井は思わず笑った。「何にかかってる、『で？』ですか？」

「だから、結婚7年の長さについてだよ。なにか問題があるの？」

糸井は、また神妙な顔つきを取り戻し、美津子は、「なんでこうなっちゃうんだろう」と、一人の世界でブツブツ言っている。

「海馬さん、この7年でどれくらい稼ぎました？　コラムとか、ナレーションとか、

けっこう切れ目なく働いてる感じですよね」

「ええ？　ま、でも、思ってるよりは貰ってないよ。特にナレーションは、それほどプロじゃないから」

「……ふむ。で、入って来た金は、全部使っちゃった？」

「まさか。貯金くらいあるよ。老後なんかすぐ来るし」

「いかほど？　正直に、惜しげもなく言ってみてください」

「多すぎても、少なすぎても哀しくなるから私は聞かないことにするわ」

そう言って、美津子は耳を塞いだ。言わないわけにはいかない空気だ。

「え？　ううん。通帳二つあるんでちゃんと数えたことはないけど、仮想通貨で１回失敗して……２０００万円くらいじゃないか？　……通帳の記帳とかはあいつにまかせてるから」

「あー、貯金把握されちゃってるんだ。ううん、そうか、それで、奥さんには？　資産は？」

資産。綾子の資産。そんなこと考えたこともなかった。

「女優時代のが、あったとしても、もう、全部使ってると思う。洋服大好きだから」

「なるほど……」と、言って糸井は唇を舐めた。「じゃ、今、離婚したら財産分与

で、資産の半分くらい、奥さんに持っていかれますよ」

「1000万だと！」

糸井の言葉に一気に感情がわななき、沸騰し、海馬は思わず立ち上がって叫んだ。ガンガラガンと大きな音を立てて、鉄製の椅子が後ろに倒れた。

「ひいっ！」

いつにない海馬の劇的なふるまいに、美津子が顔を引きつらせ、悲鳴を上げた。

海馬は、それも気にせず、つかみかからんばかりの勢いで糸井に詰め寄った。

「裏切ったのはあいつなのになんで俺の財産をあいつに！　ええ？」

「いや、法律で決まってるから、民法何条、でしたっけ」

糸井がさらに説明しようとしたが、バシャッという音でそれは遮られた。発作を起こした美津子が、予言通りパスタの大皿に頭から突っ込むように倒れたのだ。

数人しか客はいなかったが、狭い店内は俄然《がぜん》、軽いパニックになった。

店の騒ぎをよそに、そして、跳ねたトマトソースで眼鏡がべちゃべちゃになったにもかかわらず、海馬は、カフェテラスの真ん中に突っ立って「ありえない。断じてありえない」と呟き続けた。

## 2

綾子は昨日の夜、出て行ったきりだ。

海馬は、突然、衣服をむしりとられるように一人になった。

二人が一人になっただけで、ずいぶんガランとした印象を受けるリビングのL字型ソファで、寝ころび、再来年に撮られる予定の映画の原作小説を、オノレに仕事だと言い聞かせ、開いては閉じ、閉じては開きを繰り返していた。綾子は新しいマンションに越す際、L字型のソファにこだわったが、結局未だ誰一人遊びに来ることもなく、そのバカでかい見てくれは、寝とられ男の侘《わび》しさをいっそう引き立てる小道具となり果てている。

また、本を開く。去年ベストセラーになった小説だが、だめだ、ちっとも話が頭に入ってこない。

『夫のちんぽが次第に消えた』

なんちゅうタイトルだと思うが、感動的な話だから売れたのだという。読まない限り、シナリオ化をやるともやらないとも言えないのだが、いや、いつもだったら、ギャラの条件がいいので、中身も読まずにうけるのだが、今の気分ではよほど乗らないと映画のシナリオなどという重い仕事に手を出せない。

しかし、1ページも読まないうちに、思いは妻のこととなってしまう。

結婚して7年、ろくに休みもとらず仕事をして来た。その不在を利用して、妻は岡惚れしたコンテンポラリーダンサーに逢いに行っていたのだ。「不在を利用」「岡惚れ」「コンテンポラリーダンサー」、どこを切り取っても許せない。我慢できずに、海馬は妻のFacebookをその夜、すべて見てしまった。プロデューサーに企画書のダメ出しをきつくされていた日も、1年かけて書いたシナリオが予算の都合で撮影中止になった日も、カメオ出演で映画に出て、2行のセリフで何度もNGを出し赤っ恥をかいた日も、自分が苦汁をなめた日に限って、妻はコンテンポラリーダンサーへの想いをつづっているのである。詩的ではあるが欲望の内容は具体的だ。とにかく妻は、コンテンポラリーダンサーと一発やりたくてしかたないのだ。その想いは、ときを重ねるごとに強くなっている。アイコンを顔の一部にしたのも、どこかでこれを奴が読むのを期待しているからではないのか？　そして、ああ、あの時出待ちをしてい

た彼女か、と気づくのを待っているのではないか？　歳をとっているとはいえ、妻は美人で元女優だ。名前を知って、Ｗｉｋｉｐｅｄｉａで調べれば、有名な作品にたくさん出ているのもわかるだろう。男というものは潜在意識の中で常に有名な女優を抱きたいものだ。海馬だって若い頃は、浅野《あさの》ゆう子《こ》が抱きたくて抱きたくてしかたなかった。たとえば、ツアー先で綾子に挨拶され、「ああ、あの映画に出ていた女優さんだったんですね」なんて話になれば「この後、どこかに飲みに行きませんか？」などということになる。すみやかになる。飲めば「僕、この近くのホテルに泊まってるんです」という話になるだろうし、「なんだかわけもなく広くて寂しいんですよね」となるのも明白だし、その後はもう、わかりきった結末だ。ここまで想像できてしまう時点で、もはや、実際にやったも同然ではないか。

許せない。許せるわけがない。

離婚だ。離婚しかない。

とはいえ、離婚すると、１０００万、持って行かれるだと？

その後の糸井の話では、浮気の慰謝料はとれて２００万、しかも、厳密には一方的な片思いだしまだ具体的に浮気をしているわけではない。だから金をとれる見込みはないという。

資産を減らすしかない。

2時間ほど、ソファの上で悶えながら海馬は結論を出した。

綾子には、一銭だって渡したくない。そのためには、離婚までに資産を使い切るのだ。通帳がどこにあるかは知らないが、キャッシュカードとクレジットカードはある。現金だ。一刻も早く現金を使いたい。

とりあえず、今できること、と思い、海馬はスマホでアマゾンのアプリを開き、なぜかわからないが、おすすめ商品として挙がっていた折り畳み式の電動自転車を買った。12万円。ボタンを押すのに少し手が震えたが、ほら、12万円なんて家にいながら1秒で使えるんだぞ、うはははは！　と、天井を見上げ、笑ってみる。しかし、もちろん空笑いだ。その天井には大きく「虚無」という文字が書かれているように思えた。ショッピングの快感がまるでない。考えてみればそれはそうだ。なにかを欲しい、と思う前にいつの間にかそれを妻が買ってしまっているのだ。それが重なるうち、自分には物欲というものがほとんどなくなっていた。ましてや、電動自転車なんてまったく興味がない。充電するのがめんどうくさくなり、1週間で粗大ごみと化すのは目に見えていた。後悔の念が押し寄せる。とてつもなく12万円が惜しい。そもそも自分が12万円分働くのにどれくらいがんばらなければならないかを思うと、急激に

虚しくなり、なぜこんな目に遭わなければならないのだという根本的な問題に立ち返る。すると、怒りと悲しみの火種が音を立てて燃え上がり、声を上げずに海馬は泣いた。声を出さないのは、軍手をしてオナニーをしているみたいで、苦しい。声さえ出せばもっと楽になれるのだろうが、それは、コンテンポラリーダンサーへの完全な敗北のような気がする。

泣きながら海馬は『夫のちんぽが次第に消えた』のシナリオ化をうけようと心に決めた。なにしろ53歳にして貯金をゼロにするのだ。さすがにそれは危険な賭けだ。先々の収入は押さえておきたい。

しかし、12万円使っただけでこんなに動揺する人間がどうすれば2000万円の大金を使い切れるのか。若いときに貧乏をしすぎたせいで散財することに根本的な罪悪感があるのだ。果てしない。果てしなさすぎる。

そうだ。不意に海馬は思い立った。

明日はエイドリアンと息子に会いに行こう。

催促されないままに、養育費をずっと滞納していたことを思いだしたのだ。

世田谷の低層建築の建物が優雅に点在する住宅街の中にエイドリアンの家はあっ

た。塀の外から広々としたキッチンが見える。海馬と離婚したのち、料理研究家として成功したエイドリアンは、ここで、世田谷の主婦たちに料理を教えているのだ。さらに最近料理本がヒットし、白金に「エイドリアンズ・キッチン」というレストランまで経営する元妻の暮らしぶりは、海馬とは比較にならないほど裕福そうだ。訪ねるのは何年ぶりだろう。一年に一度、息子の道夫《みちお》と会い元家族で食事をする約束だったが、口の悪いエイドリアンと大喧嘩をして以来、傷つくのを恐れ、ここ数年は足が遠のいてしまっていたのだ。

ビクビクしながら呼び鈴を押した。すでに今朝、動揺する案件があった。綾子から、

『お互い冷静になる時間が必要だと思いますので、1ヵ月ほど旅に出ます。ちょうど、森山君の全国ツアーの最中なので、それを追いかけながら、自分を見つめなおしてみます。ツアーが終わったら、ちゃんと考えます。綾子』

というメールが来たのだ。メールを貰ってから、ここに来るまでの道中、ずっと海馬はモヤモヤしっぱなしだった。

「なんの用だ？」

エイドリアンの口ぶりは、相変わらずインターフォン越しでもわかる愛想のなさ

だ。「払いそこなっていた養育費の件だ」と言うと、しぶしぶ、といった感じで海馬は、リビングに隣接する応接室に通された。海馬のマンションより1・5倍は広いが収納が多く極端に家具の少ないリビング。その中央にあるソファで、今年19歳になる大学生の道夫がゲームをしていたが、脇を通る海馬が声をかけても振り向きもしなかった。

「アポもとらずになんなのだ？　私これから出かけるよ、用事だったら早く済ませて」

ある時期からエイドリアンの日本語の上達はストップしてしまっている。少し太ったかな、と、海馬は思うが、道夫の顔だちの美しさは明らかに彼女の血の功績である。顔からケンさえ抜けば、充分今でも美しい。もっとも、そのケンは自分にのみ向けられているものだろうけど。

「妻とその、離婚するかもしれない。彼女に好きな男ができたんだ」再婚する際、道夫のこともあって相談に乗ってもらったので、これは報告しておくべきだと海馬は考え、綾子のメールも見せた。

エイドリアンは、対面のソファで眉間にしわを寄せてそれを読んでいる。

「これに俺は、なんて返せばいいと思う？」

弱り切った表情で海馬が言うと、

「そら見たことかな！」

スマホをテーブルに放り投げてエイドリアンは叫んだ。

「顔で選ぶからだよ！　すぐ五郎は顔で選ぶだから！」

そう言って、指を顔先に突き付けて来るので海馬はオロオロと言った。

「いや、そんな、そんなことはない。顔だけってことは……」

「私だって、10年結婚していて、顔しか褒められたことないよ！」

エイドリアンは、憤然と言って、おそらくコルビジェの作だろうソファにふんぞり返って足を組みなおした。留学生時代、セルロイドの眼鏡をかけ長いぼさぼさの金髪をキャップでなんとかまとめ、そばかすもおかまいなし、いつもチェックのネルシャツを着たバックパッカーのような風情でキャンパスをうろついていた彼女に、広告会社のロビーにあるようなコルビジェの一人掛けソファにふんぞり返る未来が訪れようとは、海馬にも彼女自身にも想像のつかない話だったろう。

それにしてもめちゃくちゃ機嫌が悪い……。

嘘もキレイごとも一切言わない彼女が好きで結婚したのは事実だ。しかし、嘘のつけない人間は、人を傷つけるのも容赦しない。

「とにかく、あなたのそのなんだ、なんだ日本語は？　なんて言うんだ、個人的なやつは……」

エイドリアンがせっつくように指先を回すので、慌てて海馬が言った。

「プライベイトか？」

「プライベイトは日本語じゃないね！」エイドリアンは叩きつけるように言う。「まあ、いいですよ、プライベイトで。興味がないんだよ。甘えているんだよ、五郎は。道夫のためだとか言って。何を言ってる？　自分の話を、聞いてもらいたいだけ」そう言ってエイドリアンは指で目をぬぐって泣く真似をした。「エイドリアーン、こんなメール来たよー、かわいそうでしょ、僕、かわいそうでしょ？　慰めてー。エイドリアーン……甘ったれんじゃないよ！　ボケナスが！」

そこまで言われることかな、と海馬はさすがに笑いそうになる。

「私は忙しいんだ。今さら、今頃になって養育費もいらないし、道夫もゲームばっかりしてるけど、私がクソ高い美術の大学には行かせた。私も私で、いっぱいいっぱいだ。ね？　いざこざしたものを持ち込むな。自分の肛門は、自分で拭け！　でしたっけ？　そういうことだ」

エイドリアンは憤然と立ち上がり、ドアのない応接室からリビングでゲームに没入

している道夫に英語で、取引先の人と会食するからランチは一人で食べてという内容の声をかけた。長身でやせぎすの道夫は、母を見上げてただうなずく。そのまま、エイドリアンは上着を着て出かけようとするので、海馬は慌てて、上着のポケットから分厚い封筒を二つ出した。

「待ってくれ。養育費3年延滞した分と大学卒業までの分、延滞の利子もつけて持ってきたんだよ」

振り返ってエイドリアンは中指を立てた。

「シー・シェパードに寄付して！」

そう言って、どかどかリビングを横切り、10畳ほどある、ランプシェード一つとってもこだわりがあるような隙のないキッチンのカウンターに置いてあった鞄を肩に引っ掛けて、家を出て行った。

「海賊認定された団体だぞ……」

そう言いつつも、エイドリアンの毒舌がどこか懐かしいと思えるほど、今朝綾子のメールを読んでから、海馬の心は孤独に蝕まれ荒んでいたのだった。

エイドリアンが去ると、家の中には音量を小さくした格闘ゲームの中国語の叫び声だけが残った。

海馬は、少し笑って道夫に言った。

「ひどいな、いつもああなのか？　養育費を全部持ってきたのに」

道夫は、海馬をちらと見て、またゲームに戻った。海馬はため息をついて、道夫の座るソファの肘掛けに腰を下ろした。肘掛けでも充分椅子として通用する座り心地のよさだ。

「300万だぞ。なぜ受けとらない。大金じゃないか」

「ママは、これ以上パパに甘えられたくないんだと思う」しかたないな、という表情で、道夫は、ゲームのスイッチを切った。

「甘えた？　俺が？　あの人に？」海馬は笑った。「どう甘えればいいんだ、あんな毒舌大魔王に」

「パパは、ママにお金を渡すのと引き換えに奥さんの愚痴をこぼす。前は、情もあったから、それでもよかったんだろうけど、今はもう耐えられないんだと思う」

海馬は茫然とした。そういえばいつも愚痴をこぼしていた。なぜだろうと、自分でも考えてみる。

「それは……そうだな。だって、サービスじゃないか？」

「サービス？」道夫が眉を顰《ひそ》める。

「前の亭主から、かみさんのノロケ話なんか聞きたくないと思うじゃない？　だから、こっちはちょっと、あの、話を盛ってさ、うまく行ってない感じを見せてるんじゃないか？」

「パパ、自分で何喋ってるかわかってる？」道夫は真顔だ。そして淡々とこう言った。「結局、いまだに、精神的にママによっかかってるからそんなこと言いたくなるんだよ。サービスすることで、つながろうとしてる。いまだにママを手放したことをどこかで認めたくないって気持ちがあるからそういうこと言うんじゃないの？」

なんだその洞察力は。返す言葉がなかった。言われてみれば、そうなのかも知れない、と海馬は思う。

「10年も前に家族を捨てた男に、もう、これ以上よっかかられたくないんじゃない？　それが、ボケナス、につながるんじゃない？」

それにしても口が悪い。家族を捨てた？　顔が母親に似て美しくなるほどに、明らかに口が悪くなっている。まったくそれはこの子のためにならない。少し教育が必要だ。鼻っ柱を折ってやらなければ。そう、海馬は思った。

「捨てたって言い方はないぞ。どんなふうに聞かされているか知らないが、パパはな、君たちを捨てたんじゃない」海馬は人差し指を振った。「君たちから逃げたんだ」

道夫は無表情に言った。

「同じじゃね？」

「道夫、おまえももうすぐ20歳になることだし、俺がこの家を出た最終的理由を知るべきだな」海馬は、身体をひねって、道夫に向き直った。

「いえ、遠慮しておきます」

そう言って道夫は、またゲーム機のスイッチを入れようとする。海馬は封筒の中から一万円札を適当に抜き出した。

「多分、10万円くらいある。これやるから、話を聞け」

道夫は目を丸くして固まった。

「おまえ、童貞なんだろう？」

「……何を、何、言ってるの？」道夫は少し動揺して頬を紅潮させた。

「童貞は10万円くらいの金を欲しがるものだ、聞け」

「まあ。……じゃあ」

怪訝の塊のような顔でそれでも道夫は金を受けとった。

「ママに関してはわかるだろう？　あの頃勤めていた居酒屋の人間の柄の悪さの影響だ。完全に日本語を汚く覚えてしまった。俺は繊細な人間だ。まず、それに耐えられ

なくなった。だけど、決定的なのは道夫、俺は、君が苦手なんだ」

何を言い始めているのだこのおっさんは？　そういう顔で道夫は海馬を見ている。

「まず、見た目が苦手だ。俺に全然似てないし、歳とともにイギリス感が前面に出てきている。もちろんキレイな顔だよ？　でもだからこそ親しみがもてない。それにどんなにあやしても君は笑わないんだ。育てる側の立場に立ってみろ。こんな虚しいことはないぞ」

海馬はあくまで真剣な口ぶりである。しかし、久しぶりに会った父親に、いきなり直しようもないことを否定され始め、道夫はどう答えていいやら、汚れた水槽に投げ込まれた金魚のように口をパクパクし始めた。実際今、この部屋は汚水が流れ込んだ水槽のようになっているのかも知れない。

「ショックか？　そうかも知れないが、聞くんだ。お金を貰ったんだから義務がある。決定的だったのは、おまえが10歳のときのクリスマスの夜だ。俺がサンタの恰好で部屋に入って来たとき、おまえ、なんて言った？　はい、言ってみて。忘れたとは言わせない。俺はあのとき、部屋から走って逃げたんだからな」

青ざめた顔でか細く道夫は切れ切れに言った。「……ごめん、パパだって知ってる。やりたいこともわかる。……でも、急に入って来ないで。怖いから。だっけ」

「傷ついたよ」海馬は静かに言った。「今の俺を見ればわかると思うが、パパだって、自尊心のギリギリのところでサンタをやってたんだ。だから逃げた。そしてそのまま家族から逃げたんだ」

「………」

道夫の目には、涙がうっすらたまり始めていた。

「だって、寝ているときに人が入ってくるのに恐怖感があって。5歳くらいからクリスマスの儀式が怖くて……。サンタと、あとピエロが、怖くて。笑い方とか」

「それにしても、もっとデリカシーのある言い方があるだろう?」

「デリカシーって」声を詰まらせながら道夫は言った。「だって、10歳だよ?」

「子供に逃げ込むのか?」海馬はまっすぐ道夫を見ている。「そんなの一番安易でつまんない考え方だ。いいか。ものごとの見方は一つではない、いろんな角度から考えた方がいい」

「……子供に逃げ込むって」かすれた声で道夫は言った。

「もちろん他にもいろいろあったが、あれが、パパが家を出る一番のきっかけになった。それは正直な話だ」

道夫は、皮膚の薄い鼻を真っ赤にし、その大きな青みがかった目からはらはらと涙

を流した。

「まじで？」

「まじだ」海馬は深くうなずいた。

10分後、エイドリアンの家の玄関の前で、激しく落ち込んでいる海馬がいた。

自分はいったい何を言ってしまったのだ。あんなにキレイな涙を流す息子に。リビングに大きな絵が飾ってあったのを思い出す。写真のようにリアルに描かれた架空の迷宮の鉛筆画だ。独創的だった。あれは、きっと道夫の心の中身そのものだ。あんなものを描けるような特殊な感性を持っているのだから、そりゃあ偽のサンタを怖がるのもしかたない……。何が教育だ。自分が今抱えるやり場のない怒りの八つ当たりで自分の息子を傷つけただけじゃあないか。いつもこうして噛み合わない。自分に彼を教育する資格は、もう今さら微塵もないのだ。

海馬は、歯を食いしばるようにして、残りの金が入った二つの封筒を、郵便ポストの入り口にねじ込んだ。

その夜は恵比寿のバーで一人飲んで、夜中家に帰り、気力を振り絞ってチキンラーメンを作り、卵ポケットから卵が滑り落ちラーメンの下に潜り込んでしまうという失態に地団太を踏みながらもなんとか食べ、書斎の机でノートを拡げ、おそるおそる計

算した。

「支出・自転車12万　養育費３００万　資産・残１６８８万
財産分与　１６８８÷２＝８４４万」

８４４万円か。ずいぶん精神的に疲弊したが、ゼロにするにはまだまだ遠い。そう思っているとスマホが震えた。美月からのメールだった。あの日の、別れ際、寸前まで迷ったが、乞われるままにアドレスを教えたのだ。いや、自分を欺くな。教えずに別れるわけにはいかなかった。

海馬は、心臓が躍るように跳ねる音を聞きながら、メールを開いた。

『こんばんは。この間は余計なこと教えてごめんなさい。美月です。でもやっぱり海馬さんがかわいそう過ぎて……。今夜の奥さんのフェイスブック見ましたか？　もし、見ていないなら、見ないままにしてください』

昨日あらかた見て、一通り傷ついた。もう、見まいと思った。しかし、こう言われて見ずにおられようか。このうえ、もっと傷つくのだ。そう決まっているのだ。しかし、こうも決まっている。どうあがいても自分は見るのだ。海馬は、５分だけ深呼吸をし、パンドラの箱を開ける気分で綾子のＦａｃｅｂｏｏｋを見た。

打ち上げ会場らしきところで、綾子が、カメラ目線で森山と生ビールの乾杯をして

いる写真があげられて、「至福」とだけコメントされていた。綾子は、恥ずかし気に笑みをたたえていた。

至福。至福。至福……。

僕、この店の近くのホテルに泊まってるんです、綾子さん。

ホテルの部屋が広すぎて寂しいんです、綾子さん……。

想像通りなら、そういう流れになる。そうに決まっている。

海馬は、スマホを持ったまま、書斎のドアを蹴り開け、キッチンまで行き、食器棚を開け、結婚した時有名な俳優たちからもらったシャンパングラスや夫婦茶碗をシンクに叩き付けて割った。破片が飛んで頬を切った。ツッと血が流れたがどうでもよかった。

その勢いで、綾子に電話をかけようとして、すんでのところで思いとどまった。今電話する。はい、離婚しましょうという話になる。離婚届に判を押す。８００万以上の金を持って行かれることになる。これは、この写真のアップは綾子の挑発なのかもしれない。乗ったらおしまいだ。

電話は別の女にかけることにしよう。

１０８

深夜になった。海馬のマンションの寝室のベッドで中年の男女がセックスしていた。

海馬と美津子だ。二人は正常位でまぐわっていた。

「ああ、いいわ！　すごいじゃないの五郎ちゃん」

足を海馬の身体にまわし、激しく突かれながら、美津子が言う。ショートヘアが突かれるたびに上下に羽ばたいている。海馬はそれに答えず、

「やってるっ。これ以上、のことを、綾子と、コンテン、ポラリー野郎、は、やってる」

と、息を切らしながら腰を突き上げるリズムに合わせて言う。

「そうとは限らないわ」

「かも知れないが、確実に距離をっ、詰めてる！」

急に少し醒めた様子で美津子が言った。

「ちょっと、やりながら言うことじゃないでしょ？　集中してくれない？　今日で最後なんだから」

海馬の動きが止まった。「え？　最後って？」

「結婚するの」

海馬は一気に萎《な》えた。

「また⁉」

「そうよ。ちょっと、やめないで、私たちの腐れ縁のグランドフィナーレなんだから」

と言われても、海馬はもはや役に立つ状態ではなくなっている。

「ちぇっ」

美津子は、手早くあきらめた。一度萎えた海馬がまた元気を取り戻すことはまずないことぐらい知っている。

美津子とは、一度も付き合ったことはない。お互いに友達同士だと認識している。しかし、ずいぶん昔、まだ、エイドリアンと結婚している頃、酔っぱらった流れでうっかりセックスをして以来、お互いの人生の節目節目で、たまに二人は身体を求め合う仲になったのだった。

おそらく1年ぶりのセックスはそうして不意に中断され、二人は情けない気持ちで機械的に下着を着て、ベッドに横たわった。

「俺が離婚しようってときに君は結婚？　いいご身分だよ。俺たちの友情はどうなった？」

冗談混じりに言って美津子を見ると、両手で足をつかんで揉んでいる。

「なに、大丈夫？」

美津子がバツが悪そうに言う。

「足がつったのよ。久しぶりの正常位だから」

「……ああ」

「この歳になるとバックの方が気が楽。もうね、セックスと正面から向き合うのもじゃっかんしんどいのよ。ビシッと横に皺の入ったお腹とか見せたくないの、できる限りは」

「そうか」海馬は軽くため息をついた。「気づかなかった。なんか、ごめん」

「53歳よ、私。最後のチャンスなのよ」しみじみ、という口ぶりで美津子が言う。

「相手は15歳下の売れない舞台俳優だけど」

海馬は思わず身を起こそうとしたが、なにか言う前に美津子が言葉で制した。

「言わないで。あなたが言いたいことは1万回言われてるから勘弁して。財産目当てだろうが、売名行為だろうが、孤独死するよりましよ。ご存知の持病もあるしね」美津子の声音から冗談の匂いが消えた。「軽蔑されようが、なんだろうが、一人ではもう生きられない」

そう言って美津子は背を向けた。その背に海馬はしがみつく。子供のように。

「じゃあ……。俺は今後つらいとき誰とセックスすればいいんだ？」

「知らないわよ」美津子が呆れたように言った。「友達とセックスしているほうがどうかしてたのよ。私もね、実際、おかしいなあと思いながらやってたのよ」

泣いてしまいそうだ。そう海馬は思った。

「俺は、電車のゲロみたいだな。あたふたと皆が俺から離れていく」

美津子がくるりと身体を起こし、海馬に向き直った。

「風俗でも行ってみたら？」

「この歳で？　今さら？」

「私より若い女がいくらでも抱けるわよ。正常位で足もつらないような。お金で買えるセックスの方がめんどうがないじゃない？」

美津子のけだるいトーンの提案を聞いた瞬間、海馬の頭に閃光が走った。

「お金で買えるセックス!!」海馬は叫んだ。

美津子が胸を押さえる。「びっくりさせないでってって、だから」

海馬は今度こそ身体を起こした。

「それだ！　みっちゃん、ありがとう。今、自分に必要なことがわかったよ。ああ、

それから、結婚、おめでとう」

そう言って、海馬は美津子の手を握りしめた。

「ああ、そうなの？」乱れそうになる呼吸を必死に堪《こら》え、美津子は「まあ、ありがとう」と、うなずくばかりだった。

# 3

風俗にいい思い出はなかった。

20代の頃、大学の先輩の映画監督に連れられて行った沖縄の高級ソープランドの女は、確かにキレイな顔立ちはしていたが、バックスタイルになった途端肛門に南国の花が咲いているような鮮やかなイボ痔があることを発見し、一気に萎えた経験がある。これで5万円は高い。そのときはそう思ったのである。風俗は苦いものだ。そんな刷り込みが海馬にはあった。

「しかし、その苦さもいいと思う、今回に関しては」

いつなんどきでも、無音の『グリーンマイル』をヘビーローテーションでモニターで流していること以外は内装といいBGMの選曲といい酒揃えといい完璧な代々木上原のバーの止まり木で、海馬は糸井とスコッチウィスキーを飲んでいた。

海馬は、首に今風の青いコルセットをつけていて、ずっとそれを気にしている。

一方、糸井は、その夜ハイテンションで通販番組をやり終えて来たばかりで、いつもよりさらに魂をどこかに置き忘れて来たような目つきでグラスに目を落としている。

「2000万を風俗で使い切るか」ロングモーンのロックの氷を指でゆっくり回しながら糸井は言った。「豪勢ですね」

「ああ。もうすでに300万以上養育費の先払いなんかで使ってはいるがね」

「もう行かれたんですか、風俗に？」

「行ったというか、呼んだよ。最近の風俗はデリバリーが主体だから」

「呼んだ？　ほほお。どんな女が来ました？」

「玉消し女だ」

そう言って海馬は葉巻に火をつけ、目を細めながら紫煙の中にその日の惨状を思い起こしていた。

かつて、海馬と綾子が何度も愛を重ねたベッドで玉消し女は海馬にまたがり、騎乗位で激しく腰を振っていた。まるでロデオマシーンに乗っているようだ。

「どう？　どう？　いい？　こうして、グルグル回すとみんな喜ぶよ。いいでしょ。次はこうよ、ああ！　前後にスイング。そう、ああ、っすう、ああ、どうなの？　竿

も玉も、全部擦ってるよ。擦ってるよ！　ほら、すごいね。玉がキューッと縮みあがってる。ううん。縮みあがってるどころじゃない。ほとんどない。なくなってる」

海馬は、女の下で彼女の腰を抱きながら、度肝を抜かれた。

「え？　なくなってる？」

「そうよ、ない。もうないわ！　すでにないわ！」

玉消し女は、長い髪をヘビメタバンドのヘッドバンギングのように前後に揺らしながら叫んでいる。

「う、嘘だろ？」海馬は動揺して、女に聞いた。「比喩だろ？」

「ううん。事実。私とやると男は、確実に玉がなくなるの。もう、ない。ああ、もうないわ。うん！　もう、一生ないわ」

女は忘我の境地で腰を振っている。

「確認させてくれ！」

たまらず、海馬は女を撥《は》ね除《の》けた。

玉消し女は「ぶへっ」と言いながらベッドから転がり落ちた。

店内のＢＧＭが、コルトレーンから、ビル・エバンスの弾く「恋とは何でしょう？」に変わった。

糊のきいた白シャツに蝶ネクタイのマリが、海馬のハイボールを作っている。『ソレッラ・ヌーダ』が休みの月曜日だけ、この店でバーテンをやっているのである。

「ぶへっ、て」海馬の話にあきれながらも、半笑いである。

「玉、消えてたんですか？」糸井が聞く。

「あったんだね、それが」海馬が神妙に答える。

「でしょうね。セックスして玉がなくなるなんて話は聞いたことがないですからね」

「なんであんな嘘つくんだろう」

「ううん」考えて糸井が言った。「もう、これでセックスを打ち止めにしてもいいくらい気持ちがいい、そんな気持ちになったでしょう、という自己啓発みたいなものですかね」

「なかった、と言っておけばよかったのかな」

「で、結局どうなったの？」

マリが、ボウモアのハイボールを海馬のカウンターに置きながら聞いた。

「どうなったもこうなったもないよ」

海馬はため息をついた。

玉消し女はシャワーも浴びずに憤然とした様子で、どうやったらそうなるのかパン

パンと音を立てて服を着ながら言った。

「玉の確認なんかされたの初めてだわ。アウトだから。その時点でアウトだから！」

「ごめん」まだ、ベッドの上にいたままの海馬が聞いた。「大丈夫なの、それ？」女の額には青あざができていたのだ。

「こんなの、どうでもいい！」黒いマニキュアを塗った指を突きつけ女は言った。「あんたは確認してろ。一生、玉のあるなしを確認して生きろ！　私は私で、男の玉を消して生きる！」

玉消し女は金を受け取るのも忘れ、寝室から荒々しく去って行った。

「どういう女の生きざまなのよ」

あきれてマリが言った。

「プライドが傷ついたんでしょうね……」

うなずきながら糸井が言った。

「なんのプライドだよ？」海馬が言って、ハイボールを呷る。「初対面の女に生き方を指図されたのは初めてだよ」

「……もったいない」つくづくといったふうにマリが言う。「お金使い果たすんだったら、うちの店1ヵ月借り切ってシャンパンパーティーでも開いてくれないかな？

毎日ドンペリ空けてたらお金なんかあっと言う間になくなるわよ。そしたら私だって、毎週この店で黒人が電気椅子で処刑されるとこ見ないですむし。ましてや、実の兄の玉が消えるだ消えないだの情けない話を聞かなくてすむわ」

海馬は、カウンターにグラスを叩きつけるようにして言った。

「それじゃ、あいつへの復讐にならない」

「ねえ、糸井さん、男の人って、みんなこの人みたいに頭がおかしいんですか？　お父さんのお見舞いにもぜんぜん来やしないし」マリが糸井の小皿にナッツを足しながら聞く。

「いや。だいぶ特殊だと思いますよ。まあ、置かれた状況もそうだけど」

「九州に行ったんだ、その後」やや遠い目をして海馬が言った。

「ええ!?　聞いてないですけど」マリが抗議めいた口調で言う。

「九州？　風俗ですか？」

「ああ、小倉にね、伝説の手コキ娘がいるって担当編集者に聞いたから」

「伝説の手コキ娘……」心底脱力した顔でマリが繰り返した。

BGMは「フライ・ミー・トゥー・ザ・ムーン」に変わっていた。

月のきれいな夜だった。

小倉駅から徒歩圏内の良くも悪くもないグレードのシティホテル。その一室のベッドで海馬はその日、霜降り肉をつかめば溶けそうなほど温かい手で、しごかれるにまかせていた。

歳の頃なら、28歳くらいだろうか。小柄でかわいらしい女だった。シーツの中でもぞもぞしているその手コキ娘と、波のように打ち寄せる快感に耐えながら海馬はシーツ越しに会話していた。

「ああそう？ 昼間は看護師やってるんだ。うんうん。それで、あれだね、男の身体のことわかってるんだね。うん。あ。すごくいい。だいぶいいよ」

「違うと」シーツの中から女が答えた。「うち、昔から、おちんちんが好いとっと」

「あー。それはシンプルだね。素晴らしい。あー」

「だけん、そいが伝わるとかね。清拭《せいしき》とかしてても、普通に勃ちよらす患者さん多いっちゃね。それがかわいらしいでからくさ」

「わかるよ、君の手、気持ちいいもの」

さすがは、東京にまで伝わる手技である。転がすように、なでるように、つまむように、這わすように、慰めるように、囃し立てるように、そそのかすように、口もローションも使わずに、自在にフィニッシュに向けての性感をコントロールし演出する

様は伝説の手コキ娘の名にふさわしい。

「よかと？　よかと？」と、手技を変えるたび、手コキ娘は聞いて来る。海馬もつられて「よかよ、よかよ」と答える。「俺も病気になったら君に清拭してほしかよ」

すると急に手コキ娘の声のトーンが落ちるのだった。

「でも、できんと。最近は、救命救急の担当になったけん、あんまり清拭とかしてあげる時間ないっちゃん」

「救命救急？」

「今日も、ビルから飛び降り自殺した患者さん、看取ってくさ。その足で来たっちゃんね」

海馬は、目の前の景色がふっと暗い色に変わるのを感じた。

「看取った、のか」

シーツの中から、寂しげな声が聞こえた。

「目ん玉が飛び出しとってくさ、それ、元に戻すのがめっちゃ大変やった……」

話を叩き切るようにマリが言った。

「聞いてられない。ああ、聞いてられない」

「ごめんよ、俺だって妹の前でこんな話したくないよ。でも、もう、止まらなくなっ

ちゃってるんだよ」

「おちんちんが好いとっと、か」糸井が言った。「九州弁っていいですね。うん。優しい感じがして、いい」

「いやいいけどさ」苦く、海馬が言う。「無理だよ。死体の目玉さわった手で」

「それで、いくらだったんです？」

「いかせられないのに、もらえないって」

「いい子って現実の世界にほんとにいるんですねえ」そう言って、糸井はグラスを回し、カランカランと寂し気な音を立てた。「風俗の世界が、現実の世界なのかどうかは別として」

「死を看取ってさえ来なければねえ」

そう言いながら、カウンターのマリを見上げると、彼女は、背を向けグラスを拭いている。海馬の視線を感じたのか、振り向きもせずこう言った。

「九州の手コキ娘のところに行く暇があっても、お父さんのところには行かないのね」

あきらかに気分を害し始めていた。

「いや、それを今言わなくても……」海馬が「まあまあ」と言うように右手を上げる

と、常連らしき客が入って来たので、マリは「いらっしゃいませ！」と、海馬たちの前からそそくさといなくなった。

ホスピスでただ死を待つ憐れな父に、女房に逃げられた直後の精神状態で、どう会えって言うんだよ。悲しい感情に集中できないから逆に失礼じゃない？　心でそう言うしかなかった。

「妹のいる店でする話じゃなかったですね」糸井が言った。「で、次は？」

「ソープに行った」

「果敢に攻めますね」

新宿の老舗のソープランド『ナイト・シャマラン』には、雑な女がいた。

浴室の隅に食べかけの中華丼が置いてあったのだ。

10畳ほどの、ローマ時代の室内装飾を模したシックな浴室に中華丼はそぐわなかった。素っ裸の雑な女は、そうとう不器用なのか、壁に立てかけてあった大きなエアマットを床に置くのに手間取っていた。そして、案の定、中華丼にけつまずき、中身を床にぶちまけたのだ。

「ああ、いやだ！　すいません。手際悪くて」女が前かがみになると、腹が3段に分かれた。

素っ裸で、スケベ椅子に座り、スタンバイしていた海馬はすでにげんなりしていた。

「汚いな。なんで、風呂に中華丼持ってきたの？」

しかたなく、海馬は撒《ま》き散らかされたものを片付け始めた。

「あ、すいません。すっごいお腹空いてたんですけど、出前が来るのが遅くて、食べ終われなかったんです」よく見ると、女は口をモグモグさせている。

「食べきれてないじゃない？」

「なんか、入ってたイカがやたら大きくて、すみません」

「ちゃんと、飲みこんでからやってくれない？　さすがにやだよ。イカ食ってる女とやるのは」

「すいません、じゃあ、そこの洗面器に入ったローション、かき混ぜてもらっていいですか？　固まったらあれなんで」女は足の裏を気にしながら言った。足の裏に貼りついたナルトをとろうとしているのだ。

ほとほと雑だなと思いながら洗面器を受け取り海馬は言った。

「マット置いてからやりなよ、そういうことは」

が、言った時にはもう遅かった。

雑な女は、中華丼の餡《あん》で足を滑らせ、転倒しかけた。海馬が慌てて女を助けようとして、持っていた洗面器からローションを床にぶちまけた。同時に女が持っていたマットレスが、海馬に向かって発射され、海馬はそのうえで転倒した。

二人は、ローションまみれ、中華丼まみれになりながらマットレスの上を転げまわった。

雑な女は「すみません、すみません」と言いながら、海馬にしがみついて来ては、マットから滑り落ちそうになる。それを助けようと、海馬も雑な女にしがみつく。そのうち二人は顔面までローションまみれになり絡まり合っていった。そのうちいつの間にか交わっていた。

バーのBGMは「デビーとワルツを」に変わっている。

「なにやってるんですか？」

さすがに糸井も呆れていた。

海馬は首のコルセットをさわって言った。

「あれ以来首がおかしくて」

「どうなったんです、それで？」

「イッちゃったんだよ。なんだかわかんないけど」

糸井は、唖然として言った。「まじですか？」

「なんだろう、ローションってのが、性に合ったみたい。でも、首痛くしたから迷惑料だって、店から全額返金されたよ」

「全然、お金使えてないじゃないですか」

「だから、3Pをしてみたんだ」

「3P!? それは、いいアイデアです」糸井は顔を輝かせた。

少し離れたカウンターに座っている客の相手をしていたマリが、糸井の大声にうんざりした顔でこちらを見たが、もうどうでもいいや、どうとでも思ってくれ、と海馬は思っている。

「3Pなら、一度で2倍金を使えるからね」

昼間だった。二人の女を同時に相手する。そんな非日常的なことをするのに、夜まで待っていたら、海馬の性格上、精神状態が不安定になり必ず酒を飲んでしまう。8時くらいにはベロベロだ。それでは、少なくとも二人を相手に射精はできない。デリヘル『なかよし』から派遣され陽の当たるマンションに現れたのは、ロングヘアののぞみと、ショートボブのかなえだった。のぞみは面長、かなえは丸顔。二人ともそこ

そこの美人だった。

「どうも。首だけ、気をつけてね。悪くしているから」と、海馬が言い、その20分後には、3人は、ベッドでもつれ合っていた。

「ああ、すごいね。二人がかりってすごいね」

どちらの足だかはわからないが、とにかく足と足の間に顔を突っ込んで海馬はあえいでいた。これも、どちらかわからないが、一人は、海馬の乳首に吸い付き、一人は、太ももを甘噛みしている。のぞみの興奮した声が聞こえる。

「気持ちいい？　気持ちいいのねっ？」

「ああ、いいよ！」海馬も興奮していた。

かなえの声もうわずっている様子だ。「じゃあ、もっといいことするよ。すごーいことするんだよ」

「すごいすごい」

「どう？　どうなの？」

「あ、あー、すごい」

「これは？」

「すごい！　私もする」

「あん、あん、もっと、のぞみ。のぞみぃ」

「ああ、かなえ、すごい」

「え？　え？」海馬は、おかしなことが起きているのに気づき始めた。

「そこ、もっと、のぞみ」

「こう？　こうなの？　かなえ！」

「え？　ちょっと、君たち」海馬は二人の様子にそわそわし始める。

「あん、あん、あ、イくぅ」

「のぞみくん？　かなえくん？　ちょっと」

「あ、あたしもイッちゃう」

「イくイく、かなえ」のぞみがのけぞった。

「イくうううう！」かなえがシーツをつかんだ。

気がつけば、海馬はベッドの片隅で二人がびくんびくんと痙攣《けいれん》しながら絶頂に達するのをただぼんやりと見ていた。

虚しく、終了を告げるタイマーのブザーが鳴った。

「3Pって、ああいうことなのかな」

グラスを手にポツリと海馬がつぶやく。

「1P余ってますね」真顔で糸井が言った。

「俺、むいてないのかな、風俗」

「思うにですね」眉毛の上を指でこすって糸井が言う。「思うに……、選ぶ風俗の価格帯が安すぎるんですよ。だから女の質が悪い。10万円以上の高級店に行くべきです。最初の目的を考えてください。いい思いしなきゃ、奥さんへの復讐にならないでしょ。ちまちま遊んでるうちに、奥さんが帰って来て通帳でも押さえられたらアウトですよ。どんと使いましょう、この際」

12万円の自転車を買うのにも震えたのに、10万円以上の風俗があることに海馬は仰天した。

「ネットで『高級風俗』で検索してください。なんなら20万円だっていますよ。さすがに僕は手が出ませんが。20万円と100人寝れば、2000万です」

「100人か。……すごいな」

海馬は考え込んだ。頭の中で100人の全裸の女が、くんずほぐれつこんがらがって蠢《うごめ》いていた。しかも、ローションまみれで。それは天国のようであると同時に、地獄のような光景だった。

「とにかく海馬さんには、いい女を抱いてほしいんですよ。だって、不幸なんだも

の、見るからに」

　不意に海馬が呟いた。

「どうせなら１０８人にしよう」

　それを聞き、糸井が得心したようにうなずいた。

「ひゃくはち。なるほど、煩悩の数ですね。海馬さんらしい」

「いや、あいつのフェイスブックに『いいね』を押したやつの数だ」

　海馬は復讐心に満ちた声でそう言ってグラスをカウンターに叩き付けた。

「ああ、そっち……」

　テレビモニターでは、海馬がスイッチを入れたかのように、大きな黒人が電気椅子の上で処刑され痙攣していた。

　また見てしまった。もう少しで舌打ちしそうな勢いの顔つきでマリはそれを見ている。その顔を見て、海馬は少し胸が痛んだ。マリは一人で店を開いた時の借金を返し続けているのだ。そして、一人で父親の見舞いに行っているのだ。限界が近付いている気もする。１００万くらいわけてあげようか？　一瞬思ったが、情に流されている場合じゃない。今こうしているこの時間にも、綾子はコンテンポラリーダンサーと会っているかもしれない。もはや抱かれているかもしれない。そうでなくても焦がれる

ほど森山を想っているのは確実だ。やはり、意地でも自分は風俗に行く。行って金を使い果たす。今まで意地をはって生きたことなどない。そんな人間はむしろバカにして生きてきた。なればこそ、その意地を確かに感じた今は、そのふってわいた意地に従いはり続けるべきだ。すまん、マリ。海馬は心で謝った。今はおまえのことは見て見ぬふりをする。そして、108人の女を抱く。

海馬は、グラスについた水滴でカウンターの上に、指で108と書いた。108、108、なんどもそれをなぞった。

マリは、どうみても魅力のない男の話に必死に笑顔で相槌を打っている。

BGMはシャンソンにいつの間にか切り替わり、けだるく「人の気も知らないで」が流れていた。

その日はあまり眠れていなかった。

前の日の夜、ネットで20万円の女を予約したからだ。

予約ボタンをクリックする指は、その瞬間、電動自転車のときの倍近く震えた。2時間という時間の値段である。

女の名前はあずさといった。ネットで調べた高級デリバリーヘルス『ドルチェ・ア

ンド・キングダム』の在籍風俗嬢は、90分のコースで、ゴールドクラス8万円、ダイヤモンドクラス10万円、プラチナクラス15万円とランク分けされており、さらにその上に3人だけ特別待遇の、2時間20万円のレジェンドクラスがいて、顔の一部こそ隠してあるものの、アンジェリーナ・ジョリーのような見事な体型のあずさを、海馬は選んだのだ。容姿、サービス、性格の3点において、毎月の客のアンケートの上位3人がレジェンドクラスに選ばれるらしい。別にアンジェリーナ・ジョリーが好きなわけではない。むしろ怖い。プロフィール欄には現役のモデル、とある。が、それよりなにより、「おじさんが好きで好きでたまりません。おじさんを見ると濡れて濡れてたまりません。だから、この仕事をやっています」という写真に添えたコメントに心を射抜かれたのだ。

20万円。そんな金を一時に女に使うのはもちろん生まれて初めてである。ゴールドクラスも調べたが、それでも、その辺で見かけるような女は一人もいない。最低でもデパートの受付嬢レベルだ。その倍以上の値段のあずさに、もはや、なにをどう期待すればいいのか、期待の仕方がわからず、朝方に寝たのに、昼前に目が覚めてしまった。予約の時間は夜7時である。することもないので、まだ締め切り前のコラムを1本あげ、そういえば、このギャラも離婚すれば半額持って行かれるのだ

と一気に虚しくなり、精力はつけた方がいいと、昼は、近所の定食屋でニンニクのたっぷり入ったスタミナ豚丼を食べ、それから、20万円の女が来るのに、なにを自分はニンニクを食べているのだと激しく反省し、歯を磨き、散髪に行き、早い時間から風呂に入り、鼻毛を抜き、腹筋運動をし、今さらやっても腹が引っ込むはずもないとすぐ気づいてやめ、ネットでAV動画を観ていやらしい気持ちを高めたりして、いやらしくなりすぎてオナニーをしかけ、すんででやめて、『夫のちんぽが次第に消えた』をパラパラと読んではやめ、それでも、ようやく6時。ただもう、緊張感を感じているだけの待ち時間となり、海馬はなすすべもなく動物園の熊のように部屋中をうろつきまわり始めた。そのうち、ふっと天井にカメラがあってそれをモニターで見ているかのようにオノレの姿を客観視してしまい、その自分がなんだか不憫《ふびん》で、その不憫に引き摺られ、たとえようのない孤独感と虚しさが海馬を襲って来たのだった。

そして、さらに、

「綾子も、地方のホテルで自分と同じように孤独と虚しさを感じているのかもしれない」

という、想像まで頭をよぎるのだった。

それを、ざまあみろ、とは思わない。7年暮らした女だ、ぎりぎりそう思えない。

コンテンポラリーダンサーの打ち上げに参加した事実まではわかった。しかし、しょせんそこから先のことは、海馬の妄想であり、実際は、それ以降歯牙にもかけられていないかもしれない。すべてを投げうって夫まで裏切ったのに。

だったら、自分と同じように不憫だな、とも。

どこだか知らない旅の空の下、薄暗いビジネスホテルで膝を抱えてコンビニの飯を食い、来るはずもないコンテンポラリーダンサーからの連絡を待ち続けている。そんな可能性もある。自分にはレジェンドが来るのに、彼女には来ない。その時間の果てしなさを想像すると、ああ、不憫だなと思うのだった。俺にこんな思いをさせて、あんなにださく貧乏そうで美しいだけのコンテンポラリーダンサーに恋をしたのなら、せめて、それなりの成果を出していてくれよ。

俺みたいに孤独になるな。綾子。

そんなことに胸を痛くしている自分に驚いていると、マリから携帯で電話がかかって来た。今、病院にいる。父親の意識が混濁して来たというのだ。今年に入って2度目だった。

「……実はね、マリ。これから、3時間ばかり重要な会議があってね」

マリは驚いた。

「来ないつもり!? まだ、来ないつもりなんだ！」

「この間も、そんなふうになって持ちこたえただろう？　意識があれなのは、モルヒネのせいだよ」

「親より仕事が大事なの？」

「大事じゃない仕事なんてないよ。葬式代だの、なんだのは俺が出すんだから、生きてる間は、おまえがなんとか頑張ってくれよ。３時間。３時間待ってくれたら、行くんだから俺は。走っていくよ」

この仕事を選んだ以上、どうせ、親の死に目には会えない。そう思って生きてきたし、初めの妻のエイドリアンと父が殴り合いの大喧嘩をして以来、末期癌で入院するまで半ば絶縁状態になっていたのだ。そして、なにより、海馬にはなぜか、そもそも肉親に対する情というものが希薄なところがあった。その分、女に執着する性質もあるのかもしれない。時折、そんなふうに自分を分析したこともある。

「こっちもしんどいのよ！　意識が混濁してる父親と病室で二人きりなのよ！　どれだけ息が詰まると思ってるのよ」

病院の廊下なのだろう。周りで人声がするのにもかかわらず、マリは大声を押さえられなくなっている。

「じゃあ、２時間。２時間で切り上げてもらうから。なんとか、それまでがんばってくれないかな」

「私が、がんばって何とかなる問題でもないんだけどな。綾子さん……は、さすがにあれだけど、道夫君にも声かけた方がよくない？」

「いいよ、いらないよ、バカ」

「バカってことないでしょう？　おじいちゃん子だったじゃない」

「ああ、ごめんごめん。ちょっと道夫とは今会いづらくてさ。必要だったらこっちから連絡するから。とにかくいったん切るよ。打ち合わせだから」

もたもたしていられない。見渡せばリビングの床が散らかり放題になっている。脱ぎ散らかした服に、コンビニ弁当の器、それを入れていたコンビニ袋、雑誌、新聞、ファックス用紙、鼻をぬぐったティッシュ、それらが今さら気になり始めた。掃除しなくては。こんな部屋には女は呼べないではないか。ましてやアンジェリーナ・ジョリー似の、20万円の女を。

「ほんとに行くから、２時間、なんとか耐えてくれ」

と言うと、しばらく何かを考えているような時間があって「わかったけど」と、マリは声を曇らせた。

「どうした？」

「……おにいちゃん、余計なことかもしれないけど、もう、綾子さんのフェイスブック見ない方がいいよ」

そう言って、マリは電話を切った。

海馬は、スマホに耳をつけたまま放心した。

なぜ？　なぜ、皆、綾子のFacebookを見ないように勧める？　見ないように言われたらまた見ないわけにはいかなくなるだろうに。必死で忘れるように、見ないようにしていたのに。見ろ！　と言っているのと同じなのに。

海馬は耐えた。これから我が家に来るのは20万円の女なのだ。最高のコンディションで迎えたい。不快な情報を身体に入れたくない。無駄な抵抗とはどこかで悟りつつも30秒ソファで目をつぶり耐えた。膝から貧乏ゆすりが始まった。1分。全身の揺れががくがくと止まらなくなった。5分後、このままでは舌をかみ切ってしまうと身の危険を感じ、「もおお！」などと叫び身をよじりながら、綾子のFacebookを開いてしまった。

どこかの海辺の砂浜をコンテンポラリーダンサーと綾子が散歩している写真があげられていた。森山は明るく笑い、綾子ははにかむように微笑んでいた。

海馬はあんぐりと口を開けて、その写真を見つめた。口など開けたくなかったが、閉め方が思い出せなかった。その口の中にオノレから出た鼻水がタラタラと流れ込んだ。

なぜだ。なぜ、砂浜を歩く。だめだ。それをやっちゃいけない。綾子。それだけは。砂浜は俺たちだけのものではなかったのか？

♪恋は短い　夢のようなものだから
　女心は　夢を見るのが好きなの

あの、芦屋の海岸を歩いた時の、綾子の囁くような歌。それによって固定化された幸せの時間。あの宝物のような時間は、もはや、コンテンポラリーダンサーのものなのか。

つい、さっきあれほど、涙せんばかりに不憫に思ったのに。

海馬は、オノレが発する絶望の毒素でリビングの壁が、フランシス・ベーコンの描く肖像画のようにドロドロに溶けていくのを感じていた。壁の向こうに、土砂降りの雨の降る、木々の枯れ果てた丘の頂上に建てられた小さな古城が見えた。今にも朽ち

果てんとしているその城の中には、綾子が泊まるしょぼいビジネスホテルの部屋がある。

ガガーンと、激しい音がして雷が落ち、海馬は真っ白い光に包まれた。

しょぼいビジネスホテルの窓を、土砂降りの雨が激しく叩いている。

時折パッと光る、雷の閃光が、狭いベッドの上に横座りに座る綾子の特徴的な鼻を照らし際立たせている。ベッドの上には食べかけのコンビニ弁当や、お茶のペットボトル、脱いだコートなどが散乱していて、海馬のリビングと変わらないような光景が露わになる。部屋の中には、小さな文机以外、ものを置くスペースがないからだ。そして、ドドーンと雷鳴が轟く。

が、綾子は雨にも光にも気づいていない。

狭いベッドの上に拡げたパソコンで、ヘッドホンを着けてDVDを観ているからだ。

もちろん、ケイ・モリヤマの公演のDVDだ。

もう、何度も観たものだが、まだ、何度も観られる。永遠に観られる。綾子が彼のダンスを観るのは、彼と会話していること、彼と抱擁していることと何ら変わりはない。アイドル的な人気があり、それをビジネスとしグッズ展開などしており、だから

コンテンポラリーダンス界隈では邪道扱いされている。だからどうした、と綾子は思う。そのおかげで、こうしてＤＶＤを購入できるし、さまざまなグッズを買い、彼を身近に感じられるのだ。

浜辺を二人で歩いた写真は宝物だ。

彼女は、森山の『日本縦断ホワイトスネークツアー』を追いかけて、この、なぜか荒廃した町に来たばかりだ。

明日の公演でも、今観ている踊りを踊るのだろう。森山はクネクネしている。クネクネクネクネ。その動きは、いつの間にか綾子の身体にまとわりついて、ああ、なんていやらしいんだろう。飲んでいる缶チューハイの酔いも手伝って、興奮し、綾子は穿《は》いている黒のタイトスカートをたくし上げ、股間に手を伸ばす。

そのとき、ピンポンと、ドアチャイムが鳴った。

なんだろう。おととい出したファンレターにこのホテルの名前を書いておいた。まさか、森山君が？

海馬が、激しく音を立ててドアを開けた。びしょ濡れで、レインコートを着ている。

「あなた？」

と、綾子が言う前に、海馬が彼女の頭を手にしたバットで殴った。

ゴンという音がして、綾子は後ろに吹っ飛び、そのままベッドに崩れるように倒れた。食べかけのポテトチップスがスローモーションで宙に舞い、赤いカーペットの床に落ちた。

二人とも無言だ。

雨は相変わらず轟々と降っており、DVDのヘッドホンからは、かすかにシャカシャカと音楽が聞こえる。

海馬は猛然と部屋に入って、ヘッドホンをパソコンから引き抜く。すると、ドンドンドンドンという四つ打ちのダンスミュージックが、パソコンから出る音とは考えられないボリュウムで狭い部屋に響き渡った。

海馬は鼻血を出して倒れている綾子に覆いかぶさり、両膝で手を押さえ、首を絞めた。

「おまえのやっていることはな、イスラム教の法律だったら死刑だぞ！」

綾子は意識を取り戻し、苦しい息で答えた。

「わだしはやってない。ゼックスじてない！」

「嘘つけ！　やってもないのに、あんな写真撮れるはずがない！」

そう言って、さらに首を絞める手に力をこめる。

「やってない！」急に綾子の瞳に怒気が宿った。「あなただって、やっだぐせに！」

えっ？　ふと手が緩む。

「や、やってない。何を言ってるんだ？」

「20万円の女とやったくせに！」

綾子が、膝から手を引き抜き、下から思い切り海馬の顔を殴った。

海馬は、「うべし」と情けない悲鳴を上げ、ベッドから転がり落ちた。

「なんで？　なんで20万円女のことを知ってるんだ！」

殴られた顎を押さえ、海馬は驚愕する。この城の中ではなんでもありだ。

それに答える代わりに綾子は「うきゃきゃきゃ」と、猿のように叫びながらベッドから飛び降りて、海馬の腹を思い切り蹴った。そして、海馬が苦しみでのたうちまわっているすきに、床に転がっていたワインオープナーをひっつかんで、海馬の顔につきたてようとした。その手を海馬は間一髪でつかみ、下から彼女の額に頭突きをかました。ドン、ドン、ドン、ドン。二人のドロ沼の殺し合いを煽るようにダンスミュージックは鳴りやまない。綾子の額から、そして海馬の額からも血が噴き出していた。

海馬は立ち上がり、頭を押さえて倒れている綾子の顔を蹴った。

「死ね！　死ね！　クソ売女！　売女！」

何度も何度も足を後ろに跳ね上げて蹴った。

自分だけのものだった。しかし奪われたその笑顔。それをぶち壊したい。二度と笑顔にならないように。血肉が飛び散り、顔の形が変わるほど綾子の顔を蹴りながら、海馬は、プロポーズした日のことを思い出していた。手をつなぎ、夜明けの浜を歩いていた。

「君と海を歩けて嬉しいよ……。前の女房は海が嫌いでね」

「そう？　海が嫌いな人なんているのね」

「イギリス人だからかな。海苔が嫌いでね。海からカッパ巻きの匂いがするから嫌だって」

「私は、海好きだな。匂いも。特に冬の海は、最高。うん。もちろんカッパ巻きも」

「鉄火巻きは？」

「海苔で巻いたら、たいがいおいしいわ」

「…………」

「…………」

沈黙は不意に訪れ、それを恐れるように綾子が聞いた。

「で？」

「で？」

「もう、夜が明けたけど、言いたいこと言えた？　大丈夫？　海馬さん」

慎重なものの言い方だった。それは覚えている。

「ああ。……今ね、君しか、見えないんだ。君しか見えてない。だから……今日、帰り道が危険なんだ」

「おかしな人ね」

「家に帰りたい。だから、連れて帰ってくれ。そして、そのまま、結婚してくれ」

「……ありがとう。あなたを連れて、あなたの家に一緒に帰るわ。そのまま、ずっと一緒よ」

ずっと一緒よ……。

海馬は叫んだ。

「海は、海だけは特別だったんだ！　よくそこをコンテンポラリーダンサーなんかと歩けたな！」

そう叫んで、綾子を見下ろすと、彼女は一匹の蛇になっていた。

蹴り過ぎた。海馬はそう思った。

１０８

蛇は、シャシャシャシャと身をくねらせてベッドの下の狭いスペースに入って行った。身体が完全に隠れてしまう寸前、蛇は、一瞬海馬の方を振り返り、

「ずっと一緒じゃなくて、ごめんなさい」

と言った。

もうその先はわからない。ベッドの下を覗く気力も海馬にはない。無理だった。涙で目の前が見えなかった。ぬぐおうとしたら血まみれだったはずの手から、なぜか金粉が出ている。

海馬は、泣いていた。自分の妄想に自分で涙していた。

そして妄想の終わりを待っていたかのように、インターフォンが鳴った。

4

ホームページの写真から想像できる美しさをまったく下回ってない。いや、それ以上だ。これが、20万円を払うということか。ドアを開け、ブーツを脱ぎ、廊下に入って来た茶色のロングコートに赤いミニのワンピースという出で立ちの、もうゴージャスというしかないようなあずさを見て、海馬は唾を飲んだ。額の真ん中で分けたストレートロングの漆黒の髪に丸顔、その真ん中にツンとプライドの高そうな鼻が塔のようにそびえ立っている。長いまつ毛の生えた半眼は、菩薩のようだ。アンジェリーナ・ジョリーと決定的に違うのは、薄く、口角の上がった唇であり、それはむしろ海馬の好みだった。見下ろすと高く隆起した巨大な胸がコートを右と左に押し分けている。綾子とは何もかも違う方向で美人だ。

女は「あずさです」と名のって、鞄をどさっと廊下に放り投げ、海馬の顔を両手で挟み「あら……泣いていたんですか？」と、かすれた声で聞いた。

「泣いて、ないです」

と、かろうじて言いながら、海馬は夢を見ているようだった。その夢は、綾子のFacebookを開いた瞬間頭の中で見ている悪夢と背中合わせでつながっているようだ。いつあずさが蛇になって逃げていくか、まったく安心できない。

泣いてていいじゃない、とでも言うように、あずさは海馬に口づけし、長い舌をその中に差し込み、舌ごと海馬を掻きまわした。しかし、そうすればするほど、海馬は混乱し、その場の「夢の中感」は強度を増していき、気がついたときには、ベッドの上で二人は裸で抱き合い絡み合っていた。

あずさは、薄くなった海馬の頭を撫ぜ、混ぜ、何度もキスをしながら「かわいい。おじさん、かわいいよ」と言うが、海馬は興奮しつつも、心の中はまったく別の場所で戦っていた。セックスに没頭したいのはやまやまだが、さっきから綾子の思い出がフラッシュバックして邪魔をするのだ。

「ねえ、おじさん、私のも触って、すごく濡れて困ってるのわかる？　もっと触って」

あずさが熱い息を耳に吹きかけながら囁く。確かに濡れている。グショグショと言ってもいい。実際、「グショグショ」と、あずさも呟いている。

だが、次の瞬間記憶の中のあの海辺の綾子も、微笑みながら耳元で同じように囁く。

「ずっと一緒よ」

嘘だ。

なにがずっと一緒だ。現におまえはいない。どこにいる？　どこの浜辺にいる？

いや、そんなことを考えている場合じゃない、グショグショのあずさを指先で感じろ、集中しろ、見ろ、あずさだって、一生懸命自分のペニスをかわいがってくれているじゃないか？　応えろ。それに応えろ。

「ずっと一緒じゃなくて、ごめんなさい」急に蛇が言う。

違う。蛇に答えろと言っているんじゃない！

忙しい。

「ううん、どうしたのかなあ？」

と、少し困ったように優しく微笑んで、あずさは「もっとどんどんとろけさせるね」と囁き、唇から、首筋、鎖骨から、乳首、乳首から臍《へそ》、と、海馬の身体を下へ下へと、唇で愛撫していく。

30分後。

激しい音を立てながら工場の機械のようにあずさはフェラチオをしていた。

首がおかしくなるのを心配するほどに。

あれもこれも、すべて試したあげく、そういうことになった。

もはや力でなんとかならないか、と。

しかし、上下する頭のリズムに合わせるかのように、海馬の心の中の大事な聖域ともいえる海辺を、腕をからませ微笑み歩く綾子とコンテンポラリーダンサーが入れ替わり出入りするさまが心に浮かぶ。気忙しい。時に蛇も出て来てなお気忙しい。

生涯なかったほど下半身を激しく愛され、何度も官能の彼岸を垣間見ながらも、まったくなににも集中できない海馬は、寝室の天井を泣きそうな目で見上げるばかりなのだった。

ずはあっ！　あずさが、顔を上げた。

「……7分だけ休憩させてください。7分あればだいぶ回復しますから」

汗だくのあずさは転がるようにしてベッドに横たわった。豊かでしかも横に流れない、かといって整形でもなさそうな胸が呼吸で波打っている。やるべきことは、すべてやった。後は、本人の生きる力次第ですね。とでも言いたげな、難しいオペの後の医者のような顔つきだ。

一方こちらは20万円も払うのに、プライドを傷つけたのではないかという申し訳なさしかない。海馬は、ベッドに座ってうなだれていた。

「恥ずかしいことじゃないわ。高級店初めての人は、よくあることなの。プレッシャーで」両手で顎をマッサージしながらあずさは言った。「おじさん、シャイな人だし。大丈夫。いざとなったらいい薬を調達できるから。うん。勃ちさえすれば、こっちのものだから」

あずさは、気持ちを立て直そうとするように親指を立てた。

「そうじゃないんだ。プレッシャーの問題じゃない。歳の割にはよく勃つ方だ」

「え？」

見栄の張り方を間違えているのにも気づかず海馬は続けた。

「ちょっと、ある事情で集中できなくてね」

「集中できない……」

明らかにこれまでとトーンの違う、ややドスの利いた声で、あずさは海馬の言葉を口の中で繰り返した。「それって、どういうことですか？　私の身体、そんなに気が散る身体ですかね？」菩薩のようだった瞳に見る見るうちにケンが宿る。

「いやいや！」海馬は慌てた。「そういうわけじゃ……」

あずさは、むくりと身を起こした。

「こんなに汗かいて、こんなに今、気分を持ちなおそうとがんばってるのに、そこに冷や水を浴びせますか？　そこは、素直に、緊張してた、で、よくないですかね？　初対面だよ？　からの、セックスだよ？　メンタルとメンタルのぶつかり合いなんだよ？　お互いに歩み寄らないとさあ、成立するもんじゃないでしょうに」

そう言ってあずさが髪をかきあげると、額にビシッと青筋が立っているのが見え、ますます海馬は動揺した。

「そ。そうね。緊張していた。僕は、緊張してた。君の言う通りだ」

その性急な同意がまたあずさの怒りの火種に油を注いだ。

「はいはい。その感じ。言わされてます感、出す感じ。怖いわ。ああ、そうですか。書きますか？　アンケートに。『この女言わせるー』って書きますか？」

「え？　なに？　なにそれ？　アンケートって？」

あずさは、突然叫んだ。

「アンケートにビビるような女じゃねえし！」

海馬はビクッと身をすくめた。「あ、うん。そうだよ。そんな風には見えないよ」

「ほらまた出たよ、口先。口先で肯定すれば、収まる場面じゃないんだよ、本音でぶ

つかり合うんだよ！　だって、裸の付き合いだよね、見たまんまの」

そう言われると、海馬はもはや、何をどう言っていいやらわからなくなって唇をかむしかなかった。それを見て、ふうと、ため息をついて、あずさは両手で顔をパタパタあおいだ。

「ごめんごめん。ボタンの掛け違い。ボタンの掛け違い。つい、ヒートアップしちゃった、ごめんね」そう言って、今度は卑屈な笑顔を作った。「私またゴールドクラスに戻るの絶対に嫌なんですよ。余裕あるように見られがちなんだけど、レジェンドクラスはいつだって瀬戸際で勝負してるんですよ。私は私で20万円という価格設定と戦ってるんですね？　8万のゴールドから始めて2年勤めてやっとレジェンドになったよ。でも、3回アンケートでクレーム書かれると、またゴールドに格下げされるんです。20万円ですよ？　3人だけですよ。そこに居続けるヒリヒリ感わかります？　修羅ですよ、修羅。……私、もう、2回クレーム書かれて、完全にリーチかかってるんです。……ちょっと」と言って、あずさは、すすり泣き始めた。「レジェンドになってから、ここのところ情緒不安定だから。わかります？　追い落とされるしかない立場の気持ち」

そうですね。とは、さすがに海馬は言えない。

「ほんとに、あの、集中できなかったというのは、個人的な事情で、女房がね」

誠実に訳を言うべきだと、海馬が話し始めたが、すぐにあずさは遮った。

「私はどうでもいいんです。私はどうあれ。……でも、ゴールドの値段じゃ、……聖矢をトップにできない。私、一途なんです。一途な女にとって、8万と、20万の差は、とてつもなく違うんですよ」

「セイヤ？」

突然出て来た名前に海馬が戸惑っていると、あずさは、泣きじゃくりながら、「聖矢、今、『メンズ・ラビリンス』のナンバー2なの。だから私が、ナンバー1にしてあげなきゃいけないの。ちょっとティッシュ貸して？　ああ、ここにあった」そう言って、サイドテーブルのティッシュボックスから数枚とり、激しく洟《はな》をかんだ。

「メンズ・ラビリンス……とは？」

「ホストクラブですよね？　決まってますよね？　そうだ、聖矢に電話しなきゃ。ちょっと待ってて」

そう言って、さっき泣いていたのが嘘のように、軽快にあずさはベッドから飛び降り、ベッドの脇の、綾子のドレッサーの椅子の上に置いたスマホを手にとった。よくはわからないけど、これからややこしいことが起こりそうな予感がする。してならな

い。

「ちょ、ちょっと待って。もう、あれだよ、いいよ。帰って。大丈夫。君もしんどいだろうし。お金はきちんと払うから、今日はちょっと、なんというか、出会い方を間違えちゃったみたいだから」

あずさが人差し指を立てた。

「まだ、全然時間あまってるから、こっちこそ大丈夫、聖矢がいい薬持ってるから」

驚いたことに、スマホを耳にしたその顔は、笑っている。もう、元のあずさに戻っているのだった。


あたふたと着替え、タクシーで20分。海馬とあずさは、とっぷり日の暮れた歌舞伎町にいた。繁華街の喧騒が少しだけおさまりかけているような、ラブホテル街とホストクラブ街の狭間にある薄暗い場所で、それでも、なにか人の心を煽り立てるような音楽は途切れているわけでない。久しぶりの歌舞伎町は、あいかわらず、サラリーマンと、きわどい恰好をした女と、頭の毛を盛り上げた安いスーツの若者と、爆買いの中国人と、チンピラと、韓国人が行き交う街で、ぼったくりを注意する放送が遠くから絶えず聞こえてくる。

『メンズ・ラビリンス』は、派手なラブホテルの向かいに、似たようなホストクラブと2軒並んであった。大理石を模した壁に黒いエナメルのドア、その横に、大きなパネルが貼ってあり、髪の毛をツンツンさせておのおののポーズを決めた頭の悪そうな若者たちの写真が飾られている。パネルの中央には、「がんばれイケメン！」という、誰目線なのかよくわからないスローガンがポスターカラーでレタリングされている。

海馬はうっかり薄手の上着で出てしまい、震えながら、パネルの脇であずさと聖矢が話を終えるのを待っている。

聖矢は、背の高いあずさに比べると動揺を覚えるほど小さかった。それをカバーするかのように、茶色く染めた頭髪を天に向かって盛り上げている。細身のストライプのスーツの上に乗っかった小さな顔の内容は、いい女の概念が実体化したかのようなあずさが、どう惹かれているのか、海馬にはまったく想像がつかないほど貧相なものだった。耳に開けたピアスの数だけいきがっているような、そんな痛々しい子供にしか見えなかった。

こいつに入れあげているのか？

おじさんに濡れて濡れてしかたがなかったんじゃないのか？

もやもやはするが、待つしかない。まだ、あずさが金を払い終わらせてくれていないのだから。

「しゃべえよ、あずさ、まじ俺勤務中ど真ん中だからね？　しかも、のるかそるかの大事な場面抜けて来てるからね？　今」

「ごめん。しゃばいことしてごめん」あずさは聖矢に向かってプライドをかなぐり捨てた、もしくは初めからなかったように、手をこすり合わせる。「でも、これも聖矢を1位にするためなんだよお」甘えた声を出す。

聖矢は、一瞬あずさを見つめ、すぐに相好をくずした。

「なんだおい、かわいいな、おまえ」と、背伸びをしてあずさにヘッドロックをかけ「うりゃおい、うりゃおい」と、髪の毛をグシャグシャにする。それに笑いながら「やみろー！」とあずさは応える。

なんだこれは。

自分は、何を見せられているのだ。

そのうえ、うっすら雨が降り始めた。

「で、このおじさん？」と、聖矢は海馬を見て笑った。「薬がほしいんすか？」

「え？　……そうね」その初対面の距離感というものを母親の胎内に置き忘れて来た

かのような無垢な目に、海馬はたじたじとなっている。自分を指さす指という指にいかつい指輪がはまっているのも目にチカチカして痛い。「薬か。どうだろうね、はは」

するると、聖矢は海馬に歩み寄って、名刺を渡した。

「どうも、『メンズ・ラビリンス』の聖矢です。この店でナンバー2はらせてもらってます」

「ああ。はは。そうですか」としか、海馬は答えようがない。この男がナンバー2ならナンバー1にはそうとうがんばってもらわないと。

聖矢は、胸ポケットから白い錠剤の入った小さなビニールのパッケージをとり出した。「一回1錠、セックスの15分前に飲んでください。普通だと30分かかるけど、これ、ノルウェーから仕入れたやつなんで、まじ効きますから。頭痛くなる人もいるけど、そん時は電話して。中和剤もあるから」

「頭……痛くなるの？」

海馬が戸惑っていると、知らぬ間に自動販売機でペットボトルの水を買って来ていたあずさが蓋を開け、それを海馬の手に押し付けた。

「今飲んで。時間がないから。すごいでしょ、聖矢、こういうサイドビジネスやってるのよ」

あずさの雰囲気に気圧され、海馬は柿の種ほどもある薬を取り出し、水で流し込んだ。怖かったが飲むしかない空気だった。

「でも、あずさ相手に薬が必要って、わからなくないわ」

海馬を見ながらヘラヘラと聖矢が言う。

「なにそれ？　どういう意味？」

あずさの顔色が変わった。聖矢は敏感にそれを感じとり、

「あはは。嘘嘘」

と、ごまかそうとした。

「ちょっと待って、嘘嘘とかやめてくれる？」

「嘘だって言ってんじゃん、つうかごめん、さっきシャンパン3回一気して俺、まじ酔っぱらってるから」

「嘘じゃない。聖矢、こっそり薬飲んでるの見たことある！」

「や、だから、おめえよお」聖矢は視線を外して苦笑する。「一晩で何度も欲しがり過ぎんだよ。身体が持たねえんだよ、俺、ぜんそく持ちだからよぉ」そう言って海馬に同意を求める。「ね、この子ケダモノでしょ？」

「それ、やみろ。営業妨害。こっちは、ラグジュアリーな雰囲気でやってるんだか

ら」

あずさは、真っ赤になって聖矢の胸倉をつかむ。そこには、マンションに入って来たときのミステリアスな雰囲気は一切なくなっていた。

本当に何を見せられているのだ。

とてつもなくやるせない気持ちになっていると、『メンズ・ラビリンス』のドアが開き、聖矢の先輩らしき、長い金髪を後ろで縛り、痩せこけて真っ黒に日焼けした「焼きあご」を連想させる顔立ちのホストが顔を出した。頭が悪そうなうえに、底意地も悪そうだ。

「おい、聖矢、こらタコ、おめえ、いつまで待たせてんだよ、サチコ姫のご指名だろうが。はよ、席につかんか」

聖矢は、あずさを振り払い、ビシッと姿勢を正し「先輩！　すいませんしたっ！　野暮用で！」と、体育会系のノリに急変する。

もしかして、この焼きあごがこの店のナンバー1？　だとしたら、価値観がわからないことにおいて、ここは外国レベルだ、と海馬は思う。

「まったく、タコがよお」吐き捨てるように先輩が言う。

と、その後ろから、かなり酔っぱらった、昔の羽野晶紀《はのあき》そっくりの若い女が出て来

て、先輩に抱きついた。

「聖矢～。あたし、聖矢でドンペリ入れたからね、まじ、早く来て～」

全身をシャネルでスタイリングしたその女からは2メートルほど離れていてもわかるほど強烈な香水の臭いがした。ココ・シャネルが孤児院暮らしだったことも、ナチスのスパイだったことも知らないだろう女は、ホストによりかかったまま、煙草に火をつけた。

「まじすか、姫、あざっす！」聖矢が目を輝かせた。「したら俺、ナンバー1じゃないすか？　今月？」

「まあ、そういうことになるな。おめでとうございますだわな」

先輩が、じゃっかん苦い顔で答え、2度ほど拍手した。やはり、こいつはナンバー1だったのだ。もういい。立ち去ろう、焼きあごが1位を制していた国から。もうこの外国には用はないはずだ。海馬があずさを見ると、彼女は、こぶしを握り締め、わなわなと震えていた。

それも目に入らない様子で聖矢は腰を落として、両手でガッツポーズを決めた。

「っしゃあああ！」

あずさは、聖矢の腰のあたりにハイヒールで蹴りを入れた。聖矢はガッツポーズの

まま、電柱の脇のゴミ溜めに身体ごと突っ込んだ。

「なにが、っしゃあああよ！　ふざけんなよ、ふにゃちんのくせに！」

そのとき、ファンファーレが鳴った。

「なによ!?」あずさが振り返る。「今、ありえないでしょ？　ファンファーレ！」

海馬が、慌ててポケットからスマホを取り出す。「ごめん、俺の携帯！　ごめん、ファンファーレで！」。着信はマリからだ。

カオスだ。

あずさは、振り向いたまま、ドアのところにいるサチコ姫の目の前まで、ずかずかと歩み寄った。

「あんたさ、あたしがこいつナンバー2にするまでどんだけ身を削って金使ったと思ってんの？　すっと横から入ってナンバー1さらっていこうとすんじゃないよ！」

一瞬の沈黙の後、二人は、そのまま無言でつかみ合いの喧嘩を始めた。海馬は、マリの電話に出ながらもさすがに止めた。

「ちょっと、君たちやめなさいよ」

「なに、どうしたの、おにいちゃん？」

「いや、なんでもない。どうした？」

マリは、高揚していた。

「信じられる？　お父さんの意識が戻ったの！　話したいことがあるって！　悪いけど、道夫君にも電話したわよ。早く来て！　最後のチャンスだから！　え？　今どこ？　外よね？」

「今か？　今はね。ええと、どこだろ。ちょっとゴタゴタしてて、とにかくいったん家に帰るから、それから連絡する」

海馬はそう言って、一方的に電話を切った。

「このデカ女！　私だって聖矢につぎこんでんだ！　こんな貧相な顔のホストの魅力を理解しているのなんて、私ぐらいだと思ってたのに！」

目の前では、アニメ声のサチコ姫があずさの顔を長くてギラギラしたネイルのついた指でわしづかみにしている。

「やめろ！　鼻、やめろ！　鼻だけは！」

あずさは、サチコ姫を回し蹴りで蹴り飛ばした。サチコ姫は地面に転がり真っ白なスーツは一瞬にして泥だらけになった。身長差だけでも30センチくらいはあるのだ。

勝負はすぐについた。が、あずさは悲鳴を上げながら海馬の方によろけて来た。

「えええ？」海馬も悲鳴を上げた。あずさの顔を見ると、明らかに鼻が曲がり、明後

日の方向を向いているではないか。

「なに？　私の鼻、大丈夫？　どうなってるの？」

恐怖にかられたように、あずさが言った。傍らを風俗バイトの宣伝車がけたたましく通る。

♪高収入　高収入　女の武器で　高収入　高収入　高収入　秘密のバイトで高収入

カオスがすぎる。

まだ夢の続きを見ているような気がするが、頬に当たる冷たい雨は「いえ、現実ですよ」と、言っている。「これが歌舞伎町ですよ」そう言っているような気までする。

そのとき、海馬の腕を後ろからつかむものがあった。

「行きましょう」

美月だった。髪を後ろにまとめ、白いシャツに黒い蝶ネクタイ。黒いベストを着て、腰には前掛けをしている。

「ちょっと待って、ねえ、私の鼻、大丈夫なの？　70万円もかけたのに！」

追いすがり、海馬の上着をつかむあずさに、美月は尖った調子で言った。

「放してください。この人、私の父なんです」

美月は、海馬を連れて走り出した。

その背中にあずさは叫んだ。

「また病院行かなきゃなんない！　おじさん、私を置いてかないで！　もう５００万も使ってるのにどうして？　愛ってどうしてこんなに金がかかるの⁉　ねえ！　愛ってなに⁉」


『メンズ・ラビリンス』にほど近い場所に、そのスタンドバーはあった。客が10人も入ればいっぱいになるようなカウンターだけの店で、美月はマスターと思しき60代の男と働いていた。黒を基調とした内装の店内に流れるゆったりとしたピアノジャズ。その静けさが心の底からありがたい。小雨に打たれ、冷え固まった身体が黒鍵の音を聞くたびほどけていくのがわかる。

「ちょうど、私が空瓶を外に出しているときに、騒ぎが聞こえて……。見に行ったら海馬さんがいたんでちょっとびっくりしたんです」そう言って美月は、ホットワインを海馬にさし出した。「あ、絶対トラブルに巻き込まれてるな、と思って。……余計なことしちゃいました？」

「いや、とんでもない。助かったよ」海馬は一口飲んで、深い息をついた。「家に呼んだデリヘル嬢が喧嘩を始めてさあ」などとは、口が裂けても言えない。だいいち家に呼ぶものであるデリヘル嬢となぜ、街にいる？　説明が困難すぎる。

「愛って、どうしてお金がかかるの？　だって、いや、参ったな。なんだったんだろう、あの女。きっと危険ドラッグだよ、歌舞伎町ってのは、そういうことが起こる街さ」

「お金は大事ですけどね。愛もですけど」美月が微笑んだ。

壁の時計を見ると午後9時。他に客はいない。マスターは暇そうに文庫本に目を落としている。

「前からここで働いているの？」

「もう、2年。週3で入ってます。女優だけじゃ食べられないんで」

海馬は「だろうね」と言ってから、慌てて「いや、まあ、みんなそんなもんだよね。みんなそうなんだよ」と付け足す。そうでなくても、情けなくて彼女の目が見られなかった。

「なんだか……海馬さん、疲れてますね。あの、私のせいですか？　私が、余計なこと教えたから」

「いや。知らないより、うん、全然いいよ。うん。よかったよ、教えてくれて。あやうく欺かれたままになるところだった」

海馬はグラスを見つめながら笑った。空笑いだった。

「奥さんと連絡は？」

「とらないよ」

「どうしてです？」

「とってなにを言う？　もう彼女の心はコンテンポラリーダンサーにしかないのに。ただ、不毛な喧嘩をするだけだ」

そう言いながら、美月があれを教えなかった未来、というものを想像してみる。

妻は、自分が仕事に明け暮れている間に、勝手にやつに恋し、恋に破れて、また、いつもの日常に戻る。自分は一生それを知ることはない。それはそれで幸せだったかもしれない。知らないでいる幸せ。とても嫌だが、なくはない。美月は自分に禁断の果実を食わせた堕天使なのか？

「目的は？」思わず海馬は聞いた。

「目的？」美月が怪訝に聞き返す。

しかし、それを聞いてどうする。彼女は、「知らないでいるよりは、知った方がい

いと思う」と、明確に言ったじゃないか。たとえ、真意が別にあっても、ここで導き出される答えは同じだろう。彼女は自分に何の見返りも求めていない。今日会ったのも偶然だ。それに、それ以上追及したとして、綾子がここにいない事実が覆るわけではない。

「いや、なんでもない。そろそろ……」

行くよ、ありがとう。そう言おうとしたとき、眉毛を下げて美月が言った。

「ちゃんとご飯食べてます？」

「ああ。食べてる。冷凍食品ばかりだけど。うまいんだ。焦がしニンニクのマー油チャーハンってのが」

「よくないなあ。眠れてますか？」

海馬は薄く微笑んだ。聞いてほしいことを聞かれたからだ。

「ぜんぜん」

ぜんぜん寝てない。それを誰かに無性に訴えたい。そんな気持ちでここのところずっと過ごしていた。そして、「……まあ」と、鼻からため息してほしくて。

「……まあ」期待通りに美月はそう言ってくれた。「呼吸が浅くなってませんか？」

「呼吸？　ああ、そうかも」

「ストレスを感じるときこそ、深く息をしてください。呼吸が浅いと、眠りも浅いんです」

優しい声だった。ＢＧＭのピアノとよく合っていた。女というのは、声だけで男をどこへでも導ける。恐ろしい生き物だと海馬は思いつつ、今は、この優しさにひととき仮にでも、すがりたい。

「手を貸してください」海馬が右手を差し出すと、美月はカウンター越しに脈をとるように握った。温かい手だった。「ああ、脈も速いな。ゆーっくり、息を吐いて」

海馬は言われたとおりにする。

「球体をイメージしてくださいね。だまされたと思って。はい。鼻から吸って、ゆーっくり10秒で口から吐いて」

「……ああ。うん。なんか、落ち着いてきた気がする」

「ため息、いっぱいついちゃってください。つらいときは。海馬さん、才能あるんだから、それくらい大丈夫」

不意に涙がこみ上げるのをグッと耐えた。優しい。なんて人を喜ばせるツボを心得ているのだろう。美月は海馬と一緒に呼吸をしながら海馬の脈をとっている。さっき堕天使だなんて思ったが、この子は本当に天使なのかもしれない。

「あれ？」

美月が眉をひそめた。

「なんか、もっと速くなって来た」

まずい。

海馬は下半身に異常を感じていた。心臓がバクバク言い始め、ペニスに急激に血液が集まり始めた。あっという間にギンギンだ。ただ勃っている、というのどかな感じではない。あきらかに身体全体に異変が起きていた。ノルウェーの薬が効いて来たのだ。

「痛い」思わず、海馬は呟いた。

「痛い？」

「痛い痛い。いたたたた。いたたたたたた」

海馬のペニスは、パンツを突き破らんばかりに屹立《きつりつ》し、ズボンの生地に跳ね返されて、苦しい形でへし曲がっていた。

「大丈夫ですか？」

もちろん大丈夫ではなかった。今度は頭が痛み始めたのだ。が、勃起薬の副作用で、勃起しすぎて具合が悪いなんて、それもまた絶対に言えるわけがない。今の海馬

には、言えるわけがないことしかない。

「今日はもう、帰るよ。ありがとう」そう言って、海馬は財布から千円札を出し、カウンターに置いて店を出た。「いたたたたた。また、またね、今度」


「いたたたた。いたたたたたたたたた。寒い寒い寒い」

スタンドバーから『メンズ・ラビリンス』までの50メートルほどの距離の間、股間の高まりに身をよじりながら、いまだ小雨が降る凍てついた空気の中、聖矢の名刺の電話番号に電話をかけていた。鞄で股間を隠しながら。

「もしもし、聖矢くん？　さっきのおじさんなんだけど、あのね、ん？　どうした、静かだね、聞いてる？　頭と股間が同時に痛いんだ。中和剤っていうの？　それ、今、出してもらうの可能？　店の近くにいるんだけど」

電話に出た聖矢の声は、先ほどの得体の知れない万能感とうって変わってテンションが低かった。

「……無理す」

「なんだ、どうした？」

「すいません、今、病院にいます」

「え？」

「あずさにぶっ飛ばされたとき、脳震盪起《のうしんとう》こして気を失ったようです。しゃばいす」

「大丈夫なのか？」

「はい。ただ救急車で来たみたいで、自分が今、どこの病院にいんのかわかんないんす。さっき目が覚めたばかりで、今、周りに誰もいなくて……」

「困るなあ。病院にいるのか」

と、言っているうちに、海馬は『メンズ・ラビリンス』に到着してしまっていた。到着してもどうにもならないのに。

「大丈夫す、痛い時間が長いか短いかの問題なんで、安静にしてれば時が解決しますから。それか、一発射精しちゃえば」

「射精しちゃえばって言っても……」

そのとき、女の叫び声がして、『メンズ・ラビリンス』の隣の、もう少し上等そうなホストクラブ『ミッドナイト・アクター』のドアが激しく音を立てて開いた。見ると、銀色のドレスを着飾った砂山美津子が、隣の店よりはじゃっかん年齢が上の数人のホストに身体を抱えられるようにして出て来るではないか。中の、リーダー格らしい面長のホストが迷惑そうに言った。

「ばあさんよぉ。金がねえなら飲みに来るんじゃないよ」

「だあら、知らなかったんじゃないのよ、カードが切れてるなんて」

美津子は見るからに泥酔していた。

「次やったら警察呼ぶよ。ったく」

「お願いだから雑に扱わないで、紀伊國屋演劇賞とったことあるの？　あなたたち。私は2度とってるんだから」

「知らねえし」

ホストたちは、美津子を外に押し出し、乱暴にドアを閉めた。

「ばあさんて言うな！　私を誰だと思ってんだ、この金髪豚野郎、の集まり！」

「……なにをやってるの？」

無視するわけにもいかず、ドアに吠えている美津子に海馬は聞いた。

海馬を目の前にし、そして、自分の醜態を見られた羞恥に美津子は「ひいい！」と叫んだ。

「君、ホストクラブに来る人だったの？」

「違うの」美津子は涙ぐんでいた。「違うの、五郎ちゃん。やけくそよ」

よろよろと海馬に近づき、抱きつこうとしてけつまずき、美津子は海馬の腰のあた

りに手をかけて、そのまま思い切りズボンにゲロを吐いた。

「えええ？」

なんて夜だ。両手で頭を覆った。

「男に……金持って、逃げられた！　結婚は帳消しよ」

泣きながら苦しそうにそう言って、2回目のゲロを吐いた。靴までビシャビシャだ。

「最悪よ」涙と鼻水とゲロを海馬の上着でぬぐいながら美津子は言った。

こっちもだよ。心で海馬は呟いた。

小雨はいきなり土砂降りになった。綾子に聞かせたい。俺は今、生まれて初めて、コンテンポラリーダンスを踊りたい気分だ。あんなふうに変な動きがしたい。変な動きで歌舞伎町中を踊り歩きたい。

タクシーでマンションに帰り、上着とズボンを脱いだまま海馬は、廊下に倒れ込んでいた。ただただ、肉体と精神のダメージの回復を祈って。下半身だけギンギンの状態で。

「頭が痛いの？」

風呂場の脱衣所から、海馬のパンツを探している美津子の声がする。

「頭も、ちんぽも痛いよ」

そういえば、『夫のちんぽが次第に消えた』をまだ読んでいないことに気がつく。そろそろ堀切にせっつかれる頃だ。それを考えるとてつもなく憂鬱になる。

シャワーを浴びて綾子のバスローブを着た美津子が、パジャマのズボンと、ボクサーパンツを持って廊下に出て来た。

「パンツ、こんな変なのしかなかったけどいいよね」

いつかの誕生日に映画のスタッフから冗談でもらった前面にコアラの顔がプリントされたパンツだった。

「なんでもいいよ。コアラだろうが、ニシキヘビだろうが。こっちに放って。あと、洗面所の鏡の裏の棚に頭痛薬があるから、持って来てくれない？」

海馬は、雨とゲロに濡れたパンツをその場で脱いだ。何度も見られた裸だ、恥ずかしくない。

それを目撃した美津子は、思わずパジャマとパンツをとり落とした。

「なんなの、そのちんぽ！」

うんざりした顔で海馬は言った。「変な薬を飲まされたんだよ。射精しないとおさ

まらないんだって」

美津子はいきなりバスローブを脱いで床に落とし全裸になった。

「待て！　みっちゃん、なにやってる？」

「そんなの見せられて、冷静でいられないわよ。カッチカチじゃないの！　見たことない」

そう言って、美津子は海馬のところまで急いできて、海馬のペニスにむしゃぶりつこうとした。海馬は慌てて股間を押さえ立ち上がった。

「待て待てって。みっちゃん。酔っぱらってるから」

明るい照明の下でまじまじと見た美津子の全裸は、50過ぎという年齢にしてはだいぶ頑張っている方であるが、初めて関係した頃に比べると、当たり前だが、月日は残酷なものだなと思わずにはいられない風合いだ。

美津子は、海馬のペニスを握りしめ、しごきながら言った。

「悔しいの！　宝石からなにから、有り金全部持ってとんずらされたのよ。あのチンピラ。忘れさせてよ！　そういうときの親友でしょ？　それに、こんな、昭和のスタア然とした、なんだか梅宮辰夫《うめみやたつお》みたいなちんぽ、目の前にして入れなきゃ女がすたるわ」

「そういう状況じゃないでしょ」

「そういう状況じゃなきゃ、どういう状況なのよ、こんなにちんぽ大げさにして！」

確かに、美津子にこすられさらにいきり立ったペニスは、射精したくてたまらない様子で目の前の熟女を見すえている。

「私でおさめて。ひとときだけでも奥さんのこと、忘れて」

潤んだ目でそう言って美津子は廊下の壁に手を付き尻を突き出した。

もう、挿入するしかなかった。

「ああ、すごいわ！　どうしちゃってるのあなた！　文系だったわよねあなた、おかしいわ」

海馬に後ろから立ったまま激しく尻を突かれ、美津子はあえいだ。早く終わらせたい。そうすれば、この頭痛も終わるのだ。そう信じて、早くイッてしまおうと海馬は、ムードもなにもなく一心不乱に腰を振っているのだ。

「いいわ。あなたやっぱり、最高の親友よ」

「ああ。いい。痛いけど、気持ちいい」

その行為は、突然廊下に吹き込んで来た冷たい風と、女の悲鳴によって中断された。

「ひぃぃぃ！」玄関の方を見て、美津子が叫んだ。

「なに……やってるの、おにいちゃん」

顔を真っ赤にして目を伏せたままマリが聞いた。

いざというときのために、兄妹で家の鍵を交換して1本ずつ持っていた。それで今、玄関にマリがいる。のらりくらりする海馬に業を煮やして来たのだろう。しかし、なにやってるもなにも、大人が二人で裸で重なって腰を振り合っているのである。されど「セックスをしているんだよ」というわけにもいかず、なにより、驚いた美津子が過呼吸を起こしかけているので、急いで身体を離そうとするが、抜けない。

海馬が腰をひくと、美津子の腰も一緒にぴったりついてくるのだ。なんだろうこれは？　などと、考えている場合ではない。

「マリ！　いろいろ言いたいだろうが、いったん外に出ろ！」

そう叫ぶしかなく、マリもさすがに見てはいられないので、手のひらで目を隠したまま外に出てドアを閉めた。

それで本腰を入れ、美津子の尻に手をかけ引き抜こうとすればするほど、美津子は締め上げて来る。

「痛いんだけど、みっちゃん」

非難するように海馬が言うと、「私だってわざとやってるわけじゃないわよ。責めないで。これが恥ずかしいことだってことくらいわかるんだから」と美津子が悲愴な声を出す。

「なんなのこれは？」

「ちょっと待って、だから、無理に抜こうとしないで、膣痙攣《ちつけいれん》よ」

「膣痙攣!? それほんとにあるやつ？」

海馬の大声に、美津子はまた、ひいい、となり、さらに薬でパンパンに腫れ上がったものを締めつけて来るのだ。なんなんだろう、この時間は。

孤独だった。海馬は唇をかみしめて、マンションの天井越しに夜を見上げた。

こんなに人とつながって、離れがたい状態なのに、こんなに孤独な時間があるだろうか。

しかたなく、海馬は大きな声を出し、マリに助けを求めることにした。

## 5

その夜11時。池尻ギンゴクリニックのホスピス病棟の個室で、海馬の父は、最期のときをむかえようとしていた。モルヒネが効き、表情は穏やかであるが、そのやせ衰え、血の気の失せた顔からは誰が見ても儚《はかな》く死を受け入れようとする衰弱が見てとれた。身体からはいくつかの管が伸び、呼吸器や点滴につながっている。いつでも医者が呼べるように、心電図のモニターの傍らに看護師がいる。

看護師は状況の異様さに目を泳がせている。父を看取る家族の中に二人羽織がいるからだ。

ベッドの脇にはエイドリアンとともに、道夫が来ていた。マリが呼んだのだ。道夫は鼻を赤くして涙を堪えていた。おじいちゃん子だったのだ。道夫の隣には、美津子がいた。美津子の後ろには海馬がいる。二人は、まだつながったままだ。マリが二人に限界まで服を着せ、こげ茶色の毛布を後ろから被せてピンで留めてくれた。それが

はたからは二人羽織に見えるのだ。もちろんこんな恰好で父の死を看取るのは不本意だし、道夫や看護師の視線が痛くてしかたないが、マリが服を着せるからどうしても来いと言って聞かなかったのだ。

そういえば母親の死のときは地方の仕事でたちあえなかった。いや、無理をし、何人かに迷惑をかければたちあえたのだが、肉親の死に直面するのは、ただただ、非常にやっかいだという思いがあったのだ。悲しいとは思った。しかし、涙は出なかった。親にひどい目に遭わされた、とかではない。憎んでいたわけでもない。肉親の情。そういうものに憧れるが、社会に出てからというもの、どういうわけか、ふんわりとその感情が薄れてしまったのである。むしろ、動物としてその方が自然なのではないかと考えているふしも海馬にはある。親孝行する動物が、他のどこにいる。親孝行という言葉そのものも、親側が作り出した概念ではないか？　そう鼻白んでもいる。それ以降、親の面倒に関することは、完全にマリに甘えていた。しかし、それも、今日のマリの「つながってても来い」という強い態度を見れば、限界らしい。それならやけくそになるしかない。抜けないものはしかたない。そう開き直ってここにいる。

性器を結合させたまま、その相手の父親の死に目にいきなり遭遇させられようとし

ている美津子の心情は計り知れない。が、自らの状況はともかく、雰囲気にのまれて神妙にしているのだけはわかる。マリは、二人の隣で覚悟を決めた様子で、静かな表情で父を見ている。

　父がかすれた声を出した。

「……道夫、よく来てくれたね。おじいちゃん、お前とはもう会えないと思ってたよ。ありがとう」

　道夫は洟を啜《すす》ってかろうじて答えた。「……おじいちゃん」

「エイドリアンもね。……あなたには、もうしわけないことをしたね」

　エイドリアンは、口に手を当て、少し迷ってから言った。「すいません。今、声、小さくて聞き取れなかった。もう一度」

「いいよ。たいしたこと言ってないから」道夫が小声で言って肘で母を小突いた。

　その間にも、父はどんどん朦朧《もうろう》として、美津子に「綾子さん」と、声をかけた。

　美津子は、どうしたものやらわからず、ただ、うなずいた。

　それですむかと思ったら、父は「綾子さんだろ？」と、朦朧としながらたたみかけて来た。

　しかたなく美津子は答えた。

「綾子です。お義父さん」

ギョッとした目でマリが見るが、美津子はそう言うしかなかった。そういう顔で、うなずきながらマリに目配せした。いや、目配せされても！　と困惑したままでマリはうつむくしかなかった。

「……五郎は、ほんとにろくでもないバカだが、今後ともよろしく頼むよ」

ろくでもないバカ。もはや50を越えた息子をそう思っていたとは知らなかったが、自分の現状を考えれば、ろくでもないバカだと素直にそう思えるし、父親の言葉をありがたく思ったことなど一度もないが、死ぬ間際の人間の言うことだと思うと妙に説得力も感じる。

美津子は言った。

「お義父さん、五郎さんは、バカだとは思いますけど、ろくでもないことはありませんよ」

「私は、あんたが大好きなんだ。あなたほど五郎のことを愛してくれた人は……」

そう言って、父は気を失いかけた。

なんてことを言いかけて死ぬんだ、その言葉、どう抱えて生きて行けばいいのか、と海馬は思ったが、「お父さん！」と、マリが強く声をかけ、美津子もなにかのスイ

ッチが入ったのか、父の手をとって、「そうですよ。お義父さん、言いたいことがあるんでしょう！　全部、吐き出して！」と、握った手を揺さぶると、父は、すんでのところで戻って来た。

浅い息をつきながら父は言った。

「五郎。いるのか？」

海馬は、美津子の後ろから顔を出して言った。「うん。いるよ」

「綾子さんを、一生大事にしろよ」

海馬は、思いを奥歯が折れんばかりにかみ殺して言った。

「……もちろんだよ」

軽蔑した眼差しで道夫が自分を見ているのを感じるが、もはや、なにを、どの部分を軽蔑されているのかもわからない。

「マリ」

やっと順番が来た。いや、立場から言って待たされすぎだろう。そんな勢いでマリは身を乗り出した。なにしろ、父の入院の手配から身の回りの世話から、すべて店の経営とバイトの隙間をぬって一人で請け負って来たのだ。だが、父はすでに完全な譫《せん》妄《もう》状態に突入していた。

「……ポテトチップス」

死の淵の父の口から出るとは思いもしないポップなワードに思わず「え!?」と、マリは大きな声を出した。

「その、ポテトチップス食ってんのか、うまそうだな」

「お父さん?」

「やっぱり、のり塩だよなあ」

マリは、自分の左手に握っている袋を見た。確かにポテチの袋である。しかし、これは、以前見舞いに来たときに二人で食べたもので、今は、父の口元などを拭いたガーゼを捨てるためのゴミ袋としてたまたま持っていただけなのである。

「………………」

袋の中身を覗き込みながら何をどう言えばいいやらマリが答えあぐねているうちに、看護師が、心電図を見て父の脈をとり「ドクターを呼んできます」と言って出て行った。

父は死んだようだ。

「……おじいちゃん」

大粒の涙を流しながら道夫が呟いた。

「ちょっと待ってよ！　死んだの？」

マリが呻《うめ》くように言った。

海馬は、悲しみなのかおかしさなのかわからない感情を押し殺して答えた。

「死んだようだよ」

「なにそれ！」マリは珍しくキレていた。「ポテトチップスじゃないし！　ポテトチップスの袋に入れてるけど、ゴミ！　お父さんの涎拭いたティッシュとかのゴミ！たまたま持ってただけのやつ！　ひどい！　私が一番いろいろやったのに！　はあ？なに言ってくれてるの？　ありがとうもなしで、なんで私が父親が死のうとしてるときにポテチ食ってると思うの？　あんまりだわ！」

それからマリは、医者が来るまで、最期の言葉が「のり塩だよなあ」であることに泣きながら延々不服を申し立て続け、そこにいるもの皆が、どうしてよいかわからなくなった。

その後、マリたちに父を霊安室に送ってもらい、海馬と美津子は一度受付で手続きをして、医師と面談し、「こんなことは初めてですが、なんとかなるでしょう」との診断を受け、処置室なる場所で看護師の手によって引き離された。二人の身体の間に手を突っ込んでなにやらマッサージをしているうちにするっと抜けたのである。頭痛

の方はいつの間にかおさまったが、勃起はいまだ収まらず、思えば、父の死の間際までにも勃起していたことを考えると、オノレの方が死にたくなるほど恥ずかしかった。

深夜の、誰もいない病院のロビーのソファに美津子と二人海馬は腰かけていた。二人とも放心していた。

「ヒリヒリしない？」美津子が聞く。

「めちゃくちゃヒリヒリするよ」海馬が答えた。

マリは、これから葬式の手配やら親戚らへの連絡に奔走するのだろう。海馬にまったくそういう能力がないのを知りつくしているから、その手の話を匂わせもしない。ああ、あの子は不憫な性質だなとは思いつつ、父の死に対する悲しみは相変わらず湧いてこない。ずいぶん前から病に臥せっており、覚悟はできていたとはいえ、海馬は自分の感受性というものがやっぱり心配になってくる。それにこういう悩みの最中であれ、とにかく勃起しているのである。

そう落ち込んでいるのを悲しんでいると捉えたのだろう。慎重な口ぶりで美津子が言った。

「ほんとに、あの、ごめんなさいね、大変な時に膣痙攣なんかしちゃって。お父さんのこと、なんて言っていいやら。私にできることがあったら、なんでも言ってね」

「いいよ、そんな。ああ、それなら一つ頼みごとがある、今日のことは今日きりに忘れてくれ」

「大賛成よ」美津子は首をすくめた。「私もそれをお願いしようと思っていたところ」

「なんで悲しくないんだと思う？」

「今？　え？　悲しくないの？　お父さんが死んで？」

「うん。葬式やら遺産の整理やら喪主の挨拶やらが、そのなんだ、やっかいだと思うばかりで」

「それは……」一度目を泳がせて、美津子が励ますように言った。「今、その前の悲しみで手いっぱいだからじゃない？　順番が来れば悲しくなるわよ」

それはそうかも知れない。母のときは、泣きこそしなかったが、少なくとも旅先の仕事の合間合間で悲嘆したものだった。それが今ないというのは、そもそもの感受性の欠如（それがまあ、大部分を占めるのだろうが）にくわえ、綾子のことでオノレの中で悲しみの感情を入れる器がいっぱいいっぱいになっているからだろう。それにそうとでも考えなければ父が哀れに過ぎる。今の案件が片付き次第、存分に悲しんでや

ろうじゃないか。などと思っていると、ロビーの自動ドアが開き、堀切が現れた。マリが父のことで連絡をしたのだろうか。

相変わらず葬式臭のする服装だが、今に限ってはそれが正解だ。

「海馬さん」

深刻な顔で堀切が言うので、海馬は立ち上がった。

「夜中にわざわざありがとう」

「夕方から連絡がつかないのでマリさんに居場所聞いて来ました。まず、お父様の件、お悔やみ申し上げます」

「ああ。え？　まず？」

「で、さっそくでもうしわけないのですが、時間が切迫しているのでお伝えします。『月刊ステージオアシス』のコラムの締め切り3日過ぎてます。あとプロデューサーの方から『夫のちんぽが次第に消えた』の感想をせっつかれてます。次のライターの候補もいらっしゃるそうなので」

「……もういいわよ、ちんぽは」美津子が小声で言った。

「……わかったよ」

そう言って、堀切の顔を見ると、海馬の下半身に目が釘付けになっていた。

海馬はそれを見て慌てて座った。

「今夜中に書くよ。ちんぽは……もう少しだけ待ってくれ」

「よ、よろしくお願いします」

見たことのないような動揺した態度で、堀切は去って行った。わけがわからないだろう。俺もわからないよ。去って行く背中を見ながら海馬はそう思った。

それにしても、誰も読んでいないような演劇雑誌の単発のコラム。そんなものいつ受けたのだ？　なぜ、妻の不貞を新たに確認し、風俗嬢にブチ切れられ、変な薬を飲まされ、女友達に膣痙攣をおこされ、親に死なれたような、それでも勃起が止まらないような、まるで不幸が土砂崩れを起こしたような、こんな夜にそれを書かなければならないのだ。少しでも貯金を減らしたい今、こんな少額のコラムの依頼を受けてでも金を欲しがっていた過去の自分を「金の亡者が！」と叱咤したくなった。出金する通帳、入金する通帳。同じ通帳だ。それは、離婚のとき、半分綾子に持って行かれるのだ。

ああ。書きたくない。

疲れ切っていた。が、書かないという選択肢はなかった。締め切りに遅れたことは幾度もあるが、原稿を落とす、ということ、それだけはできない性分だ。

深夜2時を回っていたが、疲れ切った身体に鞭打って、海馬は自宅の書斎でパソコンに向かった。

「最近、注目すべき演劇について」

本当に自分でも不思議だ。演劇なんてここ1年以上観ていないのに、なぜ、これをテーマに書けると思ったのか？　若い頃は確かに演劇青年だった。唐十郎《からじゅうろう》やつかこうへいを真似て戯曲めいたものを書いたこともある。しかし、なんにもものにならず手遅れにならないうちにシナリオライターに転向したのだ。最後に観たのは……、綾子の女優時代の友達が出るというので、吉祥寺の小さな劇場まで観に行った阿部定《あべさだ》事件をモチーフにした芝居だった。モノローグが多く、ファックシーンを下着を着けているとはいえかなりきわどい形で演じているところ以外は、激烈につまらなかった。

そういえば、あの夜妻を抱いた。

家に帰って、ベッドでピロートークをしているときに、綾子が定の相手役の俳優をやけに褒めるので、彼がどうダメだったかを説明するうち、なぜか、妻とその俳優がファックシーンを演じているのを想像してしまい、それに妙に興奮してなだれを打つように身体をまさぐり抱いたのだった。

それを思い出したとたん、今まで脳裏に現れかけては慌てて打ち消していた妄想

が、それだけは思い描くまいと懸命に振り払っていた妄想が、くっきりとした映像でもって海馬の脳に照らし出された。

綾子と森山がむつみ合っている姿だ。もちろん、裸で。

すると、やや静まりかけていた下半身がたちまち復活するという残酷が、海馬を襲うのだった。

そうなると確認したくなる。森山という男が、どんな顔で、どんな体つきの男であるかを。その身体が、どう綾子と絡み合っているかをもっと明確に想像するためである。いや、そんな想像はもちろんしたくない。絶対に嫌だ。しかし、勝手に指が動く。パソコンでＹｏｕＴｕｂｅを起動させると簡単にケイ・モリヤマの動画が嫌というほど出て来る。

しなやかな細マッチョで男の自分からしても美しい身体だと思える。細身の長身のくせに酒と運動不足で下っ腹がだらしなく突き出た海馬の見てくれとは、雲泥の差がある。確かに動きは気持ち悪い。アートとして見ればとても理解しがたいが、これだけ動けるということは、セックスの際も多彩な動きが繰り出せるのだろうし、だから綾子は女として森山に欲情したのだろう。

海馬はＹｏｕＴｕｂｅの映像を見ながら、心の目では別のものを見ていた。

森山の舞台のように白い、白以外に何もない世界。天井も壁も床もない、そこに、二人はいる。宙に浮いたように。

森山は裸の綾子の背後から歳の割にはなかなか形のいい乳房をもみしだき、ゆるくパーマのかかった長い髪をかき分け、現れた耳に吐息と口づけを繰り返す。綾子は、甘いため息を漏らして、後ろ手に森山のきゅっと締まった尻をつかみ、さすり、撫でる。そして、姿勢を変え、まるで自分までコンテンポラリーダンサーになったかのようにゆっくり時間をかけてひざまずき、すでに尖った森山のペニスを愛しそうにつかみ、頰張る。

そこまで想像して海馬は、我慢できずにズボンのチャックをおろし、怒張したものをしごき出した。

いつの間にか、森山と綾子は、今日の海馬と美津子のように立ったまま結合しており、海馬の右手の動きに呼応するかのように身体を上下させている。

森山は綾子のナカの快楽を存分に味わっているのだろう、息は次第に荒くなる。さらに硬度を増した森山に、綾子は「あっ、あん」と、こらえきれずに声を立てる。

「くそっ！　くそっ！」

嫉妬に眼球の隅を赤くしながら海馬は激しくしごいた。まるで高校生のように。

いきおい、二人の動きも激しくなる。森山は、綾子の両手を持ち、チョッパーのバイクに乗るような姿勢でもって、後ろから責め立て始めた。普段、乱暴にされるのを嫌う綾子が、歓喜の声を上げる。森山の腰の動きに合わせて綾子の首が上下し、連獅子みたいに髪がかき乱れ、その喘ぎ声も、良いのかつらいのかわからないほど、悲鳴に近いものになっていく。足は快感でつま先立ち、膝がガクガクと震えている。

「あん！　ああっ！　ああん！」

「40も過ぎてせっぱつまった仔犬の様な声を上げやがって」

綾子の中で恥辱と快楽が一体化し、快感の着地点を目指して、ただただ叫びながら虚空から落下している。その姿が美しくて、また腹が立つ。

「そんな声、一回も出したことなかったくせに！」

自分の勝手な想像に、海馬は憤り、視線はあいかわらずパソコン上でクネクネと舞い踊る森山の映像に鬼の形相でとどめたまま、競馬の騎手のごとく前傾姿勢になって、しごきにしごいた。

傍目には、完全なゲイの手淫である。

綾子が、振り返り森山に口づけを求めようとするが、動きが激しくて、ままならず、かろうじて掠れた声で「イッていいですか？」と聞くと、返事の代わりにズンと

重くしゃくられ、綾子は絶頂に達した。

「あぁっ！」

と言ったのは海馬だ。想像につられて射精したのである。椅子ごと後ろに倒れるんじゃないかというほどの激しい射精だった。この歳で、オナニーでこれほどの快感を味わうとは。高校生の頃、あまりのオノレの自慰行為への渇望に、自分は日本一、いや、地球一性欲が強いのではないかと恐ろしくなったものだが、寝とられた妻を思ってするそれが、こんなにも甘美で、こんなにも鋭利で、たけだけしいとは。海馬は、後始末もそこそこに、下半身丸出しのままフラフラと書斎の床に倒れた。なんという残酷な快感だろう。余韻をたっぷり味わいながら、そう思った。

ようやく勃起がおさまり、海馬は、焦点の合わない目で天井を見ながら呟いた。

「やりかたがわかったぞ……ちくしょうめが」

海馬は、最後の力を振り絞って立ち上がり、パソコンに向かって10年以上も前に観た劇団四季の『ライオンキング』を最高のエンタテイメントだとミュージカルに対する貧しいボキャブラリーを叱咤して１５００字にわたって褒め、原稿を出版社に送り、それから、名刺にあった聖矢のメールアドレスにメールし、あずさの連絡先を聞いた。20万円を払い損ねていたし、セックスを中途で終えた未練もあったのだ。

妹の容姿など気にかけたこともなかったが、着物で喪服のマリはなかなかいい女だな、などと海馬は思っていた。火葬場で思うことでもないなとも思いながら。

ついさっきまで燃え盛っていた父親の遺骨を箸で拾いながら海馬が言った。

「遺産は、おまえが全部貰ったらいいよ」

「なに言ってるの？」マリは眉根をよせた。「場所考えて、おにいちゃん」

晴れた日の葬儀だった。父の兄弟や、従弟らも来ていた。

「だって、おまえには親父のことは全部やってもらったし。それで店の借金も返せるだろ？」

場にそぐわなすぎる生々しい話に、マリは声をひそめた。

「そういうわけにはいかないでしょ。まだ、目黒の家のほかに資産がどれほどあるのかわかんないし、下手すりゃ相続税でマイナスが出るって可能性も……」

「おまえな、今、俺がもらっても半分は綾子に行ってしまうんだよ。あいつのツアーは、あと1ヵ月で終わる。その前になんとしてでも使い果たさないと」

またそれか。マリは、ほとほと執念深い男だな、という顔になる。

「行ったっていいじゃない」

「なに言ってんだ、いいわけないだろ！」

海馬は思わず持っている骨を箸ごと地面に叩き付けた。

親戚たちがギョッとして海馬を見る。

「骨を投げないで。おにいちゃん」押し殺した声でマリが言う。

「だって」と抗おうとするが、親の骨を投げておいてなにも抗弁できるものではない。しかたなく惨めに這いつくばって骨を拾おうとするが、もはや父の骨は砕け散っていて、一番大きなかけらでも1センチ程度のモノになり、それを拾う作業が果てしなく思え、箸だけ拾って、あとは素知らぬ顔で靴で蹴散らすしかなかった。

「蹴散らしたわね」

小声でマリが抗議する。

「しかたないだろ。誤差の範疇《はんちゅう》だよ。そういうの、いちいち口にするの品がないよ」

靴で靴の裏の骨をこそぎながら、海馬も小声で返す。

「そりゃあ、綾子さんだって悪いことをしたと思うけど、どうなんだろ？　少なくとも7年間はおにいちゃんの世話をしてきたわけでしょう？　自分の女優の夢はあきらめて。それをそこまで意固地にすることないじゃない」

「女優をあきらめさせたのは俺じゃない。世間だ。世間と自分だ」

「いろんな要素が重なってでしょう？　おにいちゃんみたいに手のかかる人と結婚するのって大変なことよ。嫉妬で視野狭窄《きょうさく》になってるわ。ものごとを一面だけで捉えちゃいけないって、自分がよく言うくせに。いずれにせよ、今話すことじゃないから」

海馬のスマホが鳴った。メールの着信だ。ハッとして喪服のポケットから出す。あずさからだ。

『今、マンションに向かってます。大丈夫ですか？　ちなみに鼻は治ってます』

「やばい、遅刻だ」海馬は、走り出した。「マリ、すまん、後よろしく頼む！」

「ちょっと！」とは言ったもののこういう雰囲気のときの海馬が聞く耳を持たないことを先刻承知のマリは、せめてもの恨み言を背中に浴びせた。「箸！　箸置いて行きなさいよ！　骨つかんだやつだから！」

もちろん、その声は、ただ漆黒の内装の火葬場に虚しくこだまし、親戚たちを「だからこの兄妹は……」と、落胆させるだけのことだったが。

6

「なに!?」

あずさは、海馬の寝室で、正常位で90センチはある長い足を抱えられながら、目を見開いている。海馬の怒張があまりに中年離れしているので驚きながらも、自分が押し広げられる快感に仕事であることを忘れそうになっている。

「すごい、硬くなってる！　ああ、すごい。当たる。すごい、当たってる」

くそっ！　くそっ！　しかし、20万円もする最高級の身体の女を抱きながら、よがらせながら、海馬の頭の中は、妄想で森山にやはり同じように片足を高く上げて激しく抱かれ、恥も外聞もなく喘ぐ綾子のケダモノのような痴態でパンパンだった。

「イく！」

綾子がグンと顎を引く。白く豊満な尻がきゅっと締まる。それを想像し、海馬は、奥歯が割れるほど噛みしめる。

「あっ！　おじさん、急にすごい、さらに大きくなった！　だめ、もうイッちゃうから！」

海馬はあずさの両足を肩にかけ、汗みどろで腰を振った。

「あああ！　すご……」

海馬にかけた足の指がグッとなにかをつかむように折れ曲がり、あずさは身体をのけぞらせてビクンッビクンッと痙攣した。海馬も「がはっ」と息をつき、あずさにのしかかって果てた。その重みで足が自分の顔の横まで来ても、身体の柔らかいあずさはいとうことなく、エクスタシーの余韻を深く味わっていた。その後、シャワーを浴び、バスタオルを身体に巻いて寝室に戻って来ても、まだ、うっとりと目を潤ませているほどだ。

「お客さんでこんなに感じたの初めてかも。おじさん凄いね。あの薬を使ったの？」

「いや。あることに頼ってはいるが、薬は使ってない」すでに服を着た海馬は、銀行の封筒から札束を出して、あずさに渡した。「50万円ある。この間の分と、迷惑かけた分のチップだ」

あずさは顔を輝かせて受け取った。「すごい。ありがとうございます」そして、ベッドに腰かけている海馬の隣にすりより、耳元で「ぜひ、次も指名してください

ね？」と囁いた。

「……できれば、2度も3度も抱きたいけど、それはできない。俺ね、1ヵ月で108人、女を抱かなければいけないっていう、そういうノルマがあるんだ」

「108人？　なんで？」あずさは、目を丸くした。

「復讐だよ」無表情に海馬は言った。「まあ、今日で107人になったが。とにかく日本中のいい女を金で抱きたいんだ」

時間がない。あずさには早く退場願おう。そう思い、服をとってあげようと海馬が立ち上がろうとすると、あずさが言った。

「だったら私、力になれると思う。聖矢、覚えてる？　薬くれた子」

「ああ、もちろん覚えてるよ。脳震盪大丈夫だった？」

「うん。あいつね、昼間高級デートクラブの派遣の仕事もしてるから」

そう言うと、あずさは、この間と同じ場所に置いた自分のスマホでまた電話をかけた。

海馬は笑って言った。

「まだ、彼とつながってるんだ」

「意地ですよ、こうなりゃ。意地」

「おもしろいね。仲介料ならはずむよ」

「あ、聖矢。この間のおじさんいたじゃん、インポの」電話がつながったらしい。

「それが治ったと思ったら今度はさあ……」

「意地か……日本人ぽいね」

しょせんオノレの行動も煎じ詰めれば意地なのだ。いや、「１０８」をまっとうするという思い付きに対する意地でしかない。そう思いつつ、海馬はスマホで綾子のＦａｃｅｂｏｏｋを開いた。もう、とまどうことはない。森山への愛が綴られていればいるほど、それは、海馬の性欲のガソリンになる。

写真はなかった。

『森山君のツアーが終わるまで１ヵ月を切った。私はそれまでに決断しなければならないだろう』

更新したのは、それだけ、その文章のみだった。

決断。なにをだ。え？　なにを決断するってんだ。

もう少し具体的に書いてくれ！

直接連絡したい。できれば会いたい。たとえば、義父が死んだことを知ったらあいつは、どう思うだろう。「綾子さんを、一生大事にしろよ」と言われたことを知った

ら？　少しは愚にもつかないことをしたと反省するだろうか。だが、どうしてもできない。それはなんだか、女々しい、卑怯な作戦のようで。

海馬はまたしてもオノレの内側でぬたぬたと練り物の作業工程のように渦を巻く結論の出ない感情に、心も身体も呑みこまれ溺れそうになる。

海馬は、夜を走った。自分の住む街を。あてどなく。ジーパンとトレーナーで。あずさがいなくなったマンションのがらんとした静寂に耐えられなくなったからだ。ベッドにもリビングにもキッチンにも風呂にもトイレにも、綾子の記憶が沁みついている。

悪夢だ。あの日から悪夢がずっと続いている。走っても走っても、思いが、問いが、追いかけて来る。許せない。しかし、本当に自分は綾子と別れたいのか？　本気で彼女が謝ってきたら許さずにいられるのか？　そのとき、実は金を使い果たそうとして、何人か商売女を呼んだことを言えるのか？　ましてや、美津子との関係も。それから、二人はやり直せるのか？

当然だが、走っても答えが出るわけはない。結局1キロも走ることなく息切れし疲れ果て、目の前の居酒屋に飛び込み、吐く寸前まで焼酎を痛飲し、泥酔してタクシーをつかまえて帰るしかなかった。

タクシーの中から迷いに迷ったが、美月にメールした。

「つらい」

すぐに返信があった。

『どこにいます？』

ということは、来てくれるということか？　しかし、金も使わず女に会うのはルール違反だ。それは、綾子も知らない海馬の中で勝手に決まったルールだが。男女の関係。それはただの浮気だ。復讐じゃない。美津子のことは置いておいてもだ。それに、「つらい」などと酔った勢いで抽象的な言葉を投げかけて返事を待つなんて、完全な甘えだ。海馬は、オノレを恥じた。

今すぐ来てくれ。もちろん、そう書きたい。

「どこにいるわけでもないよ」すんでのところで踏みとどまってこう書き「今のは、忘れてくれ」と足した。

またすぐ返事が来た。

『はい。忘れろと言うなら（笑）。でも、つらかったらいつでもメールしてくださいね。一言だって、なんだって、美月は嬉しいです。P．S．心が安定するヨガの本、送りたいんで住所教えてもらっていいですか？』

目頭が熱くなった。お世辞でも口から出まかせでも、このメールにすがりつきたい。

これほどどん底の状況でも、まだ、一本のクモの糸は垂れるのだ。

少し迷ったが、住所を送信し、海馬はタクシーの中でグズグズ泣いた。

当然、次の日は、二日酔いだった。

なのに、歌を聞かせられている。何度も何度も同じ歌を。

新宿ステージ村の稽古場では、すでに『踊る精神科病院』の稽古が始まっていた。

演出席の前では、可もなく不可もなくといった容姿の女優がはちきれんばかりの笑顔で「初めて性の喜びを感じた時の歌」を歌っている。いや、歌わされている。

♪よかった。よかった。気持ちがよかった
初めて男に抱かれた日、
期待してたほどよくなかった
でも、知るの。何回かすれば
勝手がわかってくるの
とても、とても気持ちよくなるの

性。性。性の喜び。それは、何回かすれば、
わかる━
わからないのは相性
悪いだけ━

相手替えれば
わかるときもある━
その日はきっとくる━

なにも歌にしなくても……。もちろん、このシーンは、閉鎖病棟の喫煙所で、ある精神病患者が仲間に語って聞かせるおもしろ話として海馬が書いたのだが、後々歌になるとは、よもや思ってなかったし、歌になってみるとあまりにもくだらなさ過ぎる。

海馬にはあいかわらずすることがなにもない。しかし、週に一度は稽古場に来て、なにか意見を言う、そういう契約になっている。監修という役割だ。眠い。やはりメ

ールして来てもらえばよかった等のあさましい後悔で昨夜は悶々として眠れずここにいるので、うとうとしていると、

「なんべん言やあ、わかってくれるんだい！」

突然、演出家の宿が怒鳴った。

「君はね、無難に歌おうとし過ぎているんだよ。1から10まで教科書通りだ。『悪いだけー』と、『わかるー』が、なんで同じ調子なんだ？　語ってる内容が違えば、歌い方も変わるはずだよね？」

もう、ずっと同じことを注意されている女優は、宿の権幕に萎縮しきっていて何も言えない。

「先生、なにか、アドバイスはないですか？　彼女に」

不意に宿は振り返り、後ろの席で舟をこぎかけていた海馬に聞いた。

聞かれてもなあ、と思いつつも、さすがに稽古場に来て一言も発していないのもまずいと思い、適当に思いついたことを海馬は言った。

「おそらく、そうですね、君は、女の喜びっていうのをまだ知らないんじゃないですか？」

昨日、あずさをイかせたばかりだからか、そんな言葉がポロリと口から出た。

「相手を替えたらセックスが変わった、なんて経験、君、ありますか？」

女優は真っ赤になって押し黙っている。

「黙られても困るんですよ、仕事なんだから。イッた経験はあるのか、ないのか？」

海馬が調子に乗って追い込んでいると、女優は、恥辱と怒りでワナワナ震えはじめた。

しかし、それを見ると海馬は、少しサディスティックな気持ちになってさらに聞いた。

「たとえ、男とイッたことなくても、自分ではあるでしょ？　自分でっていうのは、もちろんオナニーのことですよ。指で？　どうです？　あ？」

女優は小さな声で言った。

「……いいかげんにしてください。セクハラじゃないですか」

「え？」本当に聞こえないので海馬が耳に手を当てた。

女優は、屈辱で顔を真っ赤にし、両の手を握って叫んだ。

「わたし、こんなくだらない歌を歌うために芸大出たわけじゃない！」

宿はまさかこんな展開になるとは思わず、女優と海馬を交互に見ながら、どうしていいやらオロオロしている。

「お！　ひけらかしたな？」芸大というワードが、日本大学芸術学部、いわゆる日芸卒をどこかコンプレックスに思っている海馬の嗜虐精神に火をつけた。

「じゃあ、なんでここにいる。俺が好んで呼んだわけじゃない。君が自分で履歴書書いて来たんだろう。本人の5割増しくらいの写真を貼りつけてさあ。だいたいなんで歌がうまいってだけで君みたいな、あれだよ、そのへんのお好み焼き屋でヘラ持って鉄板叩いてるのが似合うような女が、あるいは、阿佐ヶ谷でハチマキ巻いて阿波踊りしているのが似合うような女が、なにを舞台に立とうって料簡なんだ。君の何十倍もいい女が身体売って暮らしてるご時世に、芸大出たからってそれがなんなんだ。不憫でならんよ、風俗嬢が。だけどなあ、彼女は一晩で稼ぐ金は20万だよ！　君の1ステージのギャラの10倍だよ。さあ、どっちが偉いんだ？」

「うるっせえんだよ、エロじじい!!」

女優は爆発し、履いている稽古靴を脱いで海馬に投げつけた。そして、小走りに稽古場の隅に置いた荷物を手にとると、そのまま稽古場からドカドカ足音を立てて出て行った。

「おお！　やめろやめろ！　おまえなんかクビだ！　ハハハーだ！」

宿が、頭を抱えるのが海馬の視界に入った。海馬なんかに話を振るんじゃなかった

と思っているのだろう。稽古場の出入り禁止。そうなれば願ったり叶ったりだ。

「文句ある奴は、クビだ！」海馬は立ち上がり、憮然とした表情の俳優たちに怒鳴った。「舞台に立ちたいのか、体裁を保ちたいのか？　しょせん、目立ちたがり屋の烏《う》合《ごう》の衆だろうが！　かっこつけてる奴は、全員やめちまえ！　俺は、かっこつけてる奴らのために、この作品を書いたんじゃない。自由であれ！　かっこつけたい欲望から自由になれ！　表現の本質はそこにはない！　人間たあ、下品な生き物なんだよ。それを、いとってうわべだけ上品を繕う方がよっぽど卑しいんだ！」

自分でもうすうす気がついている。先日の一連の騒動から父の死の後に手淫で果てるというわけのわからない日を境に、自分をコントロールできなくなっていることを。

やけに姿勢のいい俳優が椅子から立って海馬に言った。

「素晴らしい演説でした！」

俳優たちが拍手した。

海馬は力なく笑って座った。何をやっても意図からずれる。

気づけば3時だ。海馬の稽古場での終業時間だ。

ホテルにチェックインしなければ。当面必要なものは海外旅行用のキャリーバッグ

に入れて来ている。

渋谷の某有名シティホテルの瀟洒なラウンジに海馬と聖矢はいた。聖矢は歌舞伎町で会ったときのような細身のスーツでなく、青いブルゾンにジーパンという姿だ。なのに、スーツより、この恰好の方が人としてまともに見えるから不思議である。度のきつい眼鏡をかけてパソコンを開いている姿もそれに一役買っている。とはいえ、

「目、悪いんだね」

「はい、眼鏡外した時なんも見えてないっす。店いるとき、全然人の顔とか見えてないっす。だいたいで生きてますんで」

と、見た目はどうあれ、ヘラヘラしていることには変わりないわけだが。

今日からこのホテルの8万円のスイートに住むことにした。1ヵ月たったらきっと綾子は戻ってくる、そしてなんらかの決断を迫られることになる。その前に金を使いきるには、これぐらいのことをしなければ追いつかないし、さすがに自分のマンションに女が激しく出入りしていたら近所から白い目で見られる。それに7年も妻と暮らしたあの寝室で女と交わるのはやはり抵抗も感じていた。

「今日は、下着モデルのセイコさんと、声優の卵のカオリさんが来ます。合計30万円

## 108

でよろしいですか？」

聖矢はパソコンの画像を見せた。セイコはすらりとして、カオリはボリューミーで、あずさにはおよばないがなかなかの美人である。

「オーケー」

海馬は銀行の封筒に入った金を聖矢に渡した。持ち金が一気に減っていくのはいいが、ついこの間、骨を削る思いをして書いた『ライオンキング』のコラムの原稿料が2万円だったことを考えると、このチャラチャラした男にそれを手渡す瞬間、なにか冷たい風が心に吹きすさび、身が凍える思いがした。

「海馬さん、ちなみに今後、3Pとか、4Pとかありですか？」

「ありだ。金はかかるほどいい」

「なんだ、じゃあ、俺にくださいよ」

「それじゃあ、意味ないんだよ」

「はは。言ってみただけですよ。ニューハーフは？」

「……ありだ。たまには、箸休めも必要だしな。毛色の変わったのも見繕ってくれ。SMなんかも興味あるね。ソフトな方ね」

メモをとりながら聖矢が聞く。

「出会いがしら系は？　出会いがしらに始まる系のやつ」

「出会いがしら？　まあ、なんだかよくわからないけど、いいよ。俺がセックスに飽きないようにそっちでいいように工夫してくれ」

「かっけえ！」聖矢はわざとらしくのけぞった。「一度そんなこと言ってみたいっすねえ」

「あのさ」不思議な生き物を見るようにして海馬は言った。

「はい」

「あずさは、君のどこに惚れてるの？」

「うーん」少しだけ考えて聖矢は言った。「陽気なとこじゃないすかねっ！」

「……だろうな」海馬は小さく二、三度うなずいた。

「では、今日はこれで、明日もこの時間に来ますねー。いやあ、テンション上がったっす」そう言ってパソコンを閉じ、なんとなく聖矢はレシートを見た。「ひゃあ、コーヒー一杯１１００円もするんだ、すげー」

確かにあずさのように情緒不安定な女は、この妙に陽の気ばかり発する男が合うのかも知れない。うっすら海馬は思った。

それからは、めちゃくちゃだった。

## 108

高級ホテルのスイートルームは、コールガールの見本市と化した。

「ああっ！　すごい」

抜群のスタイルの下着モデルのセイコは、海馬のたっての願いで下着を着けたまま横にずらして挿入され、激しく擦られのけぞってイッった。AVで観て、一度やってみたかったことだ。

「杏仁豆腐もっ、デザートに杏仁豆腐もお願い！」

セイコが去って2時間後、著名な料理人の麻婆豆腐をルームサービスで注文しながら、テーブルに手を突いたカオリとバックスタイルで交わっていた。ツインテールの女と交わるのは初めてだった。快感に耐えながらのアニメ声で「中華の後は杏仁豆腐って決まってるんですぅ！」と力説する姿は、海馬の嗜虐精神をくすぐるのだった。

次の日は、一日空いていたので、ものまねタレントのユキと家事手伝いのチエミとルーマニアから留学中だというアナの3人が、2時間ごとに来た。ユキには、お願いして瀬川瑛子《せがわえいこ》のものまねで行為にのぞんでもらったが、すぐにそれは邪魔にしかならないと悟った。地声に戻してもらうと、「恥ずかしい」と言って両手で顔を覆ったまま絶頂に達した。事後、よく見ると少し目をいじっていたが、許せる範疇だった。チエミは、大人しい女で、顔を真っ赤にし、黙っている間に5回もイッていた。アナ

は、宮崎駿《みやざきはやお》のアニメのファンで、アニメの翻訳を勉強するため日本に来ていると言った。外国人にしては親しみやすい顔だったが、息の吐き方が「ハースー、ハースー」と、日本人とは逆で、エイドリアンのことを少し思い出して萎えそうになった。

次の日は、タイ人のファンファーとパッチャリーが二人で一緒に来た。二人とも小柄で、丸い尻をしていてかわいらしかった。二人、四つん這いになってもらって交互に入れたりしていたが、やはり、最後にどっちでイクかが悩ましく、最終的には二人でレズってもらい、オナニーで果てた。その次の日は、アリサというニューハーフが来た。アリサは今までで一番の美人だったが完全な整形だった。アリサの元の名前はヒロシだという。「ヒロシの彼氏です」と名乗るさわやかな風貌の若い男も一緒について来た。絡み合ううち、アリサの整形がじゃっかん気になり始め、最終的にヒロシの彼氏に挿入する流れになって自分でも驚いた。

どの女も、見てくれも性格も上級だった。皆、海馬の激しさに、海馬以上に乱れた。彼女たちが乱れる顔を見れば見るほど、森山にかき抱かれ悶える綾子の姿が脳裏に浮かび、「俺の方がすごい」と、さらに自分を駆り立て腰を振るのだった。

1週間そんな調子が続いた。女のザッピングだ。さすがに倦んできた。どうやっても3度以上の射精は無理だ。もう、喜びなどない。彼女たちが帰れば、最後にはやっ

ぱり広いスイートの真ん中で、とてつもない虚しさと寂しさに悶え、酒を呷り、ホテルの窓から渋谷の街を見下ろし、自分より幸福そうな男を指で数えては、心で「今、心筋梗塞で死ね」と罵るのである。そして、抱かなきゃ。もっと女を抱かなきゃ。金を減らさなきゃ、と思うのである。もっと、刺激がほしい。

新宿ステージ村では、ミュージカルの稽古を休みにし、制作陣で緊急会議が開かれていた。

「私が厳しすぎたのかなあ」宿が、こめかみを揉みながら言う。「ずいぶん追い込んだからなあ」

「宿さんはまっとうですよ」ゲイの振付師がとりなす。「詞も変だったけど、最終的には本人の問題ですよ」

「マネージャーは平謝りでしたが、どうにも本人が降りると聞かないという話で」

プロデューサーの女性がため息交じりに言う。

性の喜びの歌を歌う女優がもう5日、稽古を無断で休んでいるのである。

「まあ、誰も言わないから自己申告しますが、私が罵倒しすぎたんでしょうね」

海馬はこれが自分のせいとなり、一刻も早く稽古場をクビになり監修料をカットさ

れたくてヘラヘラとそう言った。

「過ぎたことをどうこう言うより、これからのことですよ。今いる俳優でなんとか穴を埋めるか……」そう言って振付師は左手を身体にまわし、右手のこぶしを鼻の下に当てる。

「ううん、でも、できるかなあ……後の子は、踊り中心でとっちゃったし」

スマホが鳴った。メールである。うっかりしていた。「ちょっとすいません。これから別件で」と海馬は、ひきつった顔で席を立つ。

その背中に「海馬さん、大丈夫？」と振付師が声をかけた。「なんか、顔色悪い。ここのところ、凄い痩せたし」

「大丈夫。大丈夫」

海馬は、そう言いながら部屋を出た。ほんとは始まった時からまったく大丈夫じゃないけどな！　そう、心で呟きつつ。

稽古場を出て、廊下を右に曲がると、かなり広めの多目的トイレがある。

海馬が横開きの扉を開けると、黒いヘルメットのようなおかっぱ頭で黒革のボンデージファッションに身を包んだ背の高い女が、便座に片足を乗せて鞭を手に待っていた。

「キミコです」

「あ、……海馬です」

「扉閉めて」

海馬が扉を閉めると。時間守りなさいよ！　と、鞭が振り下ろされた。

生まれて初めての一本鞭に海馬は絶叫した。ソフトＳＭと言ったのに伝達ミスか。

しかし、結果的にはよかった。エネマグラという性具を使われ、初めてドライオーガズムというものを味わい、さらに非日常というスパイスが、消えかけていた性的好奇心に火をつけたのだ。

帰りにコンビニのＡＴＭで預金の残高を見た。背中をさすりながら。これほどまでにタイトにスケジュールを組んでも、スイートでルームサービスをとりまくっても、もちろん毎朝バカみたいに高い朝食をとっても、まだ１０００万円にも消費が届かない。深く嘆息し、海馬は、聖矢に「もっと今日みたいな変化球を！　そして質と量を！」とメールした。

間に合わない。このままでは全然間に合わない。

夕刻、ルームサービスばかりとっていても身体に悪いのでたまには家に帰って自炊をしようと、最寄り駅に戻り、マンション近くの八百屋で野菜を物色しながら海馬

は、糸井に電話した。

「ちょっとルールを変えようと思ってるんだ」

「ルール？」スマホの向こうで糸井が怪訝な声を出した。

「このままじゃ、時間がないし、身体が持たない。セックスの範囲を拡げようと思ってるんだ」

「どういう意味ですか？」

「加勢してほしいんだよ、セックスを」

店内には４人ほどの女性客がいる。

ふと、隣で大根を吟味していた背の高い40がらみの主婦がじっとこちらを見ているのに、気づいた。

「……ヒロコ」

女は名乗ると、海馬の腕をグイとひき、店の外に連れ出した。え？　え？　同時に店内から二人の太った主婦風が買い物袋を提げたまま慌ただしくついて来る。

ヒロコと名乗る女は、八百屋と隣の居酒屋の間の狭い路地に海馬を引き寄せ、後から来た二人に「見張ってて！」と伝令して、海馬をエアコンの室外機の上に座らせ、慌ただしくズボンのファスナーを下ろした。二人は「はい！」と、短く答えて、路地

の前に立ちふさがり、二人を見えないようにした。ヒロコは背が高い以外はいたって普通の容姿だが、そのいかにも八百屋にいる風情の女と路上で情交していることに海馬は興奮した。やはり、数をこなすには、つけ麺に途中から投入する酢のように味変が必要なのだ。

熟練のフェラチオを受けながら海馬は呟いた。

「これが出会いがしら系か……」

その日の夜、海馬が誘うには珍しいＤＪブースのあるような広めのバーのカウンターで糸井と海馬は飲んだ。

「出会いがしら系か、おもしろそうですね」

カウンターの下には、海馬が昼間買った食材の入ったレジ袋が無造作に置かれていた。暗い照明の店内には男女十数人の若い客。髪をひっつめた、清楚な感じの色白の女性バーテンダーが、海馬と糸井のグラスにシャンパンを注いだ。

「それにしても２０００万は遠いですね」

「ああ。必死だよ。比喩じゃない。ほんとに死ぬかもしれない」

うなずきながらも、食えない時代から２０００万円貯めるのにどれだけ苦労したかを噛みしめている。深夜ドラマ、単館系の映画、子供用の戦隊もののドラマ、ドキュメ

ンタリーの構成、タレントのゴーストライター、雑誌のコラム、売れた映画のノベライズ、つまらないと思ってもそれこそが仕事だと思ってわりきって必死にやった。30歳までの売れない頃の飢えるような気持ちの残像がそうさせたのだ。遊びたいとかいう気持ちはなかった。いつか、余裕ができたら、綾子とゆっくり遊ぼう、息をつこう、そう思って7年貯めてきた金を1ヵ月で使い果たそうというのだ。

涙がちょちょぎれそうだ。

蕩尽《とうじん》の病にとりつかれている。いや、自らアグレッシブにとりつかれにいっているのだ。そうでなければ心が持たない。これだけ派手に金を使っていても、自動販売機で100円のコーヒーを見つけると、「お、安い！」などと思って買ってしまう。この貧乏性を叩きなおさないと。

「とにかく、コンテンポラリーダンサーのツアーは後10日で終わるんだ。どんと使わないと」

「で、僕にどうしろと？」

「だから、女抱くの手伝ってくれない？　好きでしょ？　女」

「いや、ま、好きですけど、え？　僕が抱いて復讐になるんですか？」

「俺の金なら人のセックスももう、カウントに入れる。悠長なこと言ってられないん

だ。まだ、１０００万以上残ってる。５００万はぶんどられるんだぞ」

「そりゃまあそうですよ」

「抱いてくれるな？」

「まあ。お世話になってるし、希望とあれば」

「よし」

海馬が指をパチンと鳴らした。

バーテンダーがうなずき、ひっつめていた長い髪をラックスのＣＭみたいにふりほどいた。そして、驚いて見ている糸井のネクタイに手を伸ばすと、それをつかんで引っ張り、自分の顔に引き寄せてたっぷりとディープキスをした。

いつの間にか店内にいた聖矢が店の鍵をかけ、ＤＪブースに入って、ケイ・モリヤマがステージでかけるような四つ打ちのクラブミュージックをかけると、それを合図と、店中の男女が服を脱ぎ始めた。

「こ、これは？」

前からはバーテンダー、後ろからは半裸の女に抱きつかれ、服を脱がされながら糸井はうろたえた声を出した。

「ハプニングバーを借り切ったんだ。全員ＡＶ女優とＡＶ男優だ」

そこかしこのソファで、床で、彼らは服を脱ぎ絡みつき始め、その1時間後には、全員が裸で、誰とでも交わっていた。

海馬は、バーの床で一人AV女優を抱いた後、聖矢を呼び寄せた。

「薬くれ、もう、気力だけじゃ持たない。あと、中和剤もな」

「はい、ちなみに今日の分は、150万です」

「うん」荒い息で海馬は応える。

「次回、3日後、『女の沼』の手配もすみました」

「沼？」そういえば、でかいイベントを用意していますと言っていたような気がする。

「海馬さん、ローション好きなんすよね？」

「あ、ああ。相性がいいと思う」

「じゃ、大丈夫。それで、500万どんと溶けます」

「それをくわえて、延べ何人だい？　俺は何人女を買った計算になるんだ」

「80人くらいですかねえ」

「意外といってないな……。それをやってもまだ、7日で30人近くも残るのか」

果てしない……。苦しい。海馬は煙草に火をつけた。学生の頃、モテな過ぎて、自

分は一生女を抱けないのじゃないかと思い悩んだことがあったが、抱き過ぎて、抱け過ぎてつらくなる人生がまさか未来に待っていようとは。

「ふふふ」苦渋に満ちた海馬の顔を見て、漫画みたいな含み笑いを聖矢がする。「ありますよ。1日で残りの金も女も使い切る方法」

「なんだ?」虚ろな目で海馬が聞く。

「女島って知ってます?」

いつの間にかDJをかって出ていた糸井が「仮面舞踏会」をかけると、全員が踊り出した。

♪トゥナイヤヤヤヤヤヤ　ティア
　トゥナイヤヤヤヤヤヤ　ティア

大量の泡を放出する装置、泡キャノンを誰かが持ち込み、たちまち店内が泡まみれになり、皆がその泡の中に飛び込んで踊り始めた。

海馬も踊った。踊るしかなかった。聖矢も踊っていた。キレのいいパラパラだった。皆、次第に、聖矢の動きに合わせて一糸乱れぬパラパラを踊り始めた。カオスな

のか統率がとれているのか、もはやもう、わけがわからない。もちろん、このところずっとわけがわからないといえばわからないのだが。

久しぶりの自宅だった。海馬は、タクシーから転がり出るように降りた。買った食材など泡まみれになりどこに行ったかもわからない。ボロ雑巾だ。客観的に自分をそう感じている。泡もまだついているし、このまま誰か自分を使って床を拭けばいい。腹は減っている。が、もう、コンビニに行く気力さえなかった。ふと、マンションのエントランスに見知った女が灯りにボーッと照らされているのが見えた。

美月だった。

「今日稽古がお休みになったって出演している友達に聞いて、心配になって来ちゃいました。……私、気持ち悪いですか？」美月は海馬と目が合うと笑いながらそう言った。

「いや、住所教えたしね。気持ち悪くはないよ」

甘えたい。なぜ急に来る？　という疑問より甘えたい気持ちが勝っていた。

「はい、お弁当」

美月は猫柄の風呂敷包みを差し出した。

「家にあがってくれ」

そう言うしかなかった。

10分後には、寝室で横になり、美月は海馬の頭を抱いて撫でていた。二人とも服を着たままだった。

「かわいそうな海馬さん。こんなに疲れちゃって。大丈夫。大丈夫ですよ。私どんなことがあっても海馬さんの味方ですから」

美月の声はどこまでも優しかった。

「美月ちゃん……」海馬は美月にすがりついた。

「かわいい」美月は海馬の額にキスをした。

「ううん。美月ちゅあん」

「ふふ。『美月ちゅあん』って、海馬さんって、とってもかわいい」

「うーうー」

「ふふふ。うーうー、ってなんだろう？　ふふふ。海馬さん、猫やって」

「猫？」

「かわいいから猫やって。はい。何も考えずに」

美月はパチンと手を叩いた。

「みゃあぁお。みゃあああお」

やるしかない流れだった。しかし、やってみるとこれはなかなかいいものだ。身体の中でこわばっている怒りや孤独にコーティングされた頑固さが、ほどけていく感じがするのである。

「似てるー」美月はクスクス笑った。

「似ゃてる？　ふふふ」

「かわいいから、『美月ちゅあん』から、だんだん猫になっていくのやって」

「だんだん？　そうね……。美月ちゅあああん、美月みゃあああん。みつ……みゃああおう」

美月はベッドの上でジタバタしてうけている。海馬はそれが幸せでしょうがない。

それから美月は再び、海馬の顔を挟み、真剣な顔になった。

「こんなふうになっても私を抱こうとしないんですね。優しいな」

抱けるわけがなかった。もう、すでに3回も射精しているのである。

「優しすぎるから、奥さん逃げだしちゃったのかも」

「…………」

「でも、そんな優しすぎる海馬さん、私、愛してるかも」

「いやいけにゃあいよ。愛にゃんてそんにゃ」そう言いながらも猫化は止まらなくなっていた。「そんにゃ言葉、にゃんたんに口にしにゃあ。ねえ、どうにゃん？　今、こんなこと言うとあれにゃあにゃあだけど、女優が一人降板したんにゃ。もし、美月にゃんさえ、にゃあにゃあだったら、にゃあにゃあできるじょ」

「いいんですよ、そんなこと」美月は人差し指で海馬の口をふさいだ。「いいんです。それより、猫の真似してぇ」

「するぅ。みゃあああおう」

ああ、なんて幸せなんだ。海馬は、自分の中から最大限の猫を引き出してくれる美月にほれぼれした。

「じゃあ、その勢いで」どこからか美月はスマホをとり出した。「奥さんのフェイスブック見よう」

「見まちゅにゃああ」

「後悔しなぁい？」

「しにゃいでちゅぅぅう」

美月が綾子のＦａｃｅｂｏｏｋを開くと、タキシードで着飾った森山と白いウエディングドレスを着た綾子が幸せそうに微笑んでいた。

『夢で逢いましょう』

そう1行書かれていた。

「あの腐れ売女！」

一瞬で海馬は沸騰し逆上した。

「なんだこれは」美月からスマホを奪い画面に釘付けになりながら海馬はもう一度吠えた。「なんなんだよ、これは！」

「ほんとにそうですよ。私泣きそうになったんですよ」

美月が唇を尖らせる。

「殺す！　殺す！　殺す！」

あらん限りの声で海馬は叫んだ。返せ、さっきまでの猫の時間を返せ！　必至だ。戻ってきたら離婚をねだられること、必至だ。

「ころーす！」

「ころせー!!」

初めて聞くような応援団じみた声で美月も叫んだ。

そして、他の人にそう言われるとじゃっかんムッとするという気持ちが、いまだ自分の中にあるのに驚いた。

その晩は、タクシー代を渡し帰ってもらうことにした。翌朝になったらきっと抱いてしまう。美月を抱いても、復讐の数には入れられない。女を抱けば抱くほど、綾子の取り分が減る。それが復讐だということを肝に銘じて。にしても、自分があれほどいい女をタクシーで帰すとは。引き留めて、明日の朝、味噌汁でも作っていてくれたりしたらどれほど心が穏やかになるかもしれぬのに。

１０８。その数字に支配され、いよいよ頭がおかしくなって来たような気がして、海馬はベッドの上で自分自身が不安で震えた。

このマンションには30世帯が住んでいる。みんなどんな思いでベッドに入っているのだろう。傍からはわからない。窓に灯りがついていたりいなかったりするばかりだ。自分のように精神的に大恐慌を起こし、女という名の煩悩の数を数えながら殺意の塊になっているものも、この防音の利いた、まったく隣から人の気配のしないマンションのどこかにいるのだろうか？　いない保証もない。むしろ4～5人はいる気がする。だとしたら、マンションとは、恐ろしい建物だ。そんじょそこらのお化け屋敷より怖い。狂気のマンションだ。

３日後。

東京郊外の森林に囲まれた静かな場所にある、廃校になった小学校の体育館を貸し切って「女の沼」は決行された。

割とこぢんまりした体育館には、一面にブルーシートが敷かれ、その上に膝をすりむかないよう、ヨガマットが畳のように敷いてある。

送迎用のバスで来た男女が落ち着かない顔で、ぞろぞろそこに入って来る。入り口の傍に、長机が置かれ、ドアから入って来た商売女やAV女優たちに10万円ずつ封筒に入れたものを、法被《はっぴ》を着た聖矢が手渡している。男は皆、ネットで募った好き者たちだ。

「荷物の番号札は絶対失くさないように足首に巻いておいてくださいね。脱いだものの管理は自己責任でお願いしますよー」

聖矢に雇われた女性スタッフが、メガホンで注意を呼びかける。女50人、男50人が、体育館の隅の荷物預り所に荷物を預け、皆、他人なので、黙々と服を脱ぎ、全裸になり、荷札と同じ番号のビニール袋に入れて、徐々に向き合って整列するよう指示され、素直にそのようにしている。異様な光景だ。20代から30代の女たちは、モデルのようにすらりとしているものもいれば、グラマラスな女もいる。一様に容姿は上級レベルだ。男は、水泳選手のような身体をしているものもあれば、だぶついた身体の

おっさんや、禿げもいる。彼らは、平等に、海馬の嫉妬を現金化し購入した女たちにありつけるのだ。緊張を隠せない顔。期待に満ちすでに品定めにかかっている顔。さまざまな顔。

バスの中で着替えバスローブ1枚になっている海馬は、体育館の壇上に、スタッフに連れてこられ、中央にしつらえられた何かの芝居の小道具を借りて来たのだろう大げさな王様っぽい椅子に座り、古代ローマのコロッセウムでグラディエーターたちを睥睨《へいげい》する皇帝のように、「下界」を見下ろしている。そして、男たちに目で語りかける。おまえらは俺の分身だ。俺の分まで、存分に抱け！　海馬の背後にはバンドまでいる。どういうツテで来たのか海馬には知る由もないが、サックスや三味線などによる5人編成で中央の着物の男は民謡歌手のようだ。

「なんで民謡なんだろう？」

隣のパイプ椅子に座った糸井に聞くが、

「さあ……なんでしょう、お祭り感？」

と、首をひねるばかり。聖矢のセンスははかり知れない。どこで培ったのか、てきぱきした指示で、素っ裸になった100名の男女を、互いに10メートルほど離れて向かい合うようにスムーズに誘導している。

体育館に静寂が訪れた。

いろんなおっぱいがあり、いろんなちんぽがある。それが最初の印象だ。

皆、どんな気持ちなのだろう。

どんな人生を歩んできてここにいるんだろう。

聖矢の合図で乱交が始まった。

海馬は若い頃、チャップリンやキートンのスラップスティックコメディが好きだった。それを思い出している。逃げ惑うチャップリンと、追いかけるキーストン・コップスと呼ばれる無数の警官のドタバタ。クソ真面目な顔をして、集団で走り回り、つまずき、滑り、こけ、殴り殴られ、折り重なって倒れる。あの皆が人間性を失った動きをしている瞬間、それに妙な高揚感を覚えた。

あの風景に似ているな、と、目の前で繰り広げられる100人の、一晩500万円の、凄絶な乱交パーティーを見ながら、ぼんやり海馬は思っていた。

すでに開始15分で、女たちの喘ぎ声が聞こえ始めた。

ゆっくりともつれあい、まさぐりあう肉の塊たちの間を、バスケットを片手に提げた聖矢が巡回する。

「みなさん、特に男子、海馬さんが、血のにじむ思いで貯めたお金で楽しんでいるん

ですからね！　しっかり、積極的に楽しんでくださいね。一人が二人を相手にしたり、二人が一人に群がるケースもございます。仲間はずれがいたら、僕に言ってください。あまっているもの同士マッチングしますよー。どうです、こちらのお兄さん、すごいですねえ、もう挿入してますよ！」

周りのものが一斉にそのカップルを見て「おお！」と、歓声を上げた。

体育館のちょうど真ん中を陣取った30歳ほどのどこかUA《ウーア》に似た風貌の女と浪人生風情の眼鏡の男が、皆の視線を浴びながら、むしろ誇らしいような様子で、正常位でまぐわい一心不乱に腰を振っている。

「あんあん！　ああんっ！　んっ。あんあんあん！」

大口を開けて高まるリズミカルな女の嬌声に煽られるように、周りでできたその場限りのカップルたちの前戯にも熱が入って来る。情もへったくれもない。目の前には肉体しかないのだから、逆にそれに集中する。全体に控えめだった喘ぎ声が、畑で花が開くようにそちらで「あん！」こちらで「あん！」と炸裂し始める。

「そうです。全体を見ましょう。声を出すに越したことはない！　ただ、もろもろ自己責任でお願いしますよ。必要な方はすぐ言ってください。コンドームならこちらですよ」

楽しくてしょうがないというテンションで法被姿の聖矢が、乱交している者たちに声をかけ、バスケットを掲げる。「コンドーム入れるものどうします？」と昨日聞かれたので、「ピクニックっぽいバスケットがいいんじゃない？」と、適当に答えたが、これはなかなか間抜けな見てくれで、我ながらいいチョイスだと思った。

女が一人、あぶれたのか、海馬を見上げ、目が合うと壇上に這うように上がって来た。

それなりに美しい面長のその女は、王の女たらんと、媚びた笑みを作り、バスローブをめくって、まだどうにもなっていない海馬のそれを愛しそうに口に含んだ。

「すいませーん、コンドームお願いします」

「こっちも！」

男たちが、前戯の手を止め、手を上げ始めた。聖矢は、袋を歯でピッと嚙み切って、中身を男たちに渡した。

這って来た女は、後れをとるまい、いざ、名を上げようと、まるでAVみたいな音を立てて吸う。が、まだ、どうにもならない。だめだ。客観的になり過ぎている。周りのエロスの数が、自らのエロスを薄めている。結局海馬は、その女の口淫を妻とコンテンポラリーダンサーの行為に頭の中ですり替えざるをえない。よく見ると、この

女も綾子のように緩いパーマをあてたロングヘアだ。そう思ったとたん眼下に綾子が出現した。しかし、彼女がAVのように音声と見た目にこだわってかわいがっているのは、海馬のものではない。森山のものだ。そう必死に思えば、陰茎に血液が急激に集まって来る。

「あ！　イく。イくイく、イッちゃう！」

会場から悲鳴が聞こえ、どよめきがあがった。まだ、始まって30分なのに、件《くだん》の真ん中のカップルは、まるで体育館でなく、世界の中心にいるようなヒロイックな姿で絶頂をむかえようとしているのだ。

やっかいなことにその姿まで、綾子と森山に見えて来る。よく見れば、浪人生風情の男は、細マッチョでキレイな体をしているし、UAっぽい女の喘ぎ声は、綾子によく似ているではないか。

「ふごい！　どんどんふごくなる」

くわえている女が感嘆の声を、くわえたままあげた。

すでに挿入済みの周りのものは、負けじと反復運動の動きを早め、オノレを昂らせるためにも、狭い場所に閉じ込められた犬のような声をさらに上げ始める。あの騎乗位のカップルも、その背面座位のカップルも、この後背位のカップルも、見ようと思

えば、海馬には綾子と森山に見えて来る。綾子、おまえは、いつも絶頂の前、俺にしがみついて来た。そしてしがみつきながら極限までのけぞった。泣き声のような声を上げ顔をゆがめた。その痴態の数々が、今、パノラマとなって目の前で展開している。そして、森山、おまえもあんなふうに腰を激しく使い、泣き声をあげる綾子の唇に舌をねじ込むのだろう。絶対そうだ。それは自慰のときの妄想で確認済みだ。

しかし、ちょっと待ってくれ！

綾子と森山が多すぎる。

「イく！」

ついに、眉間にしわを寄せ綾子が叫ぶ。

今この場所でイッているのは、UA、いや、UAっぽい女で、綾子はまったく違うタイプの女だ。正常位から騎乗位になって男の上になりビクビク痙攣しているが、もう、後ろに控えている男に胸を揉まれている。

それにしても、妄想の中の綾子は、体育館の中にいる女性全員の絶頂をひきうけようとしているようだ。

「イく！」

声が聞こえるたび、綾子はこだまのように叫び返し、その女を乗っ取り、綾子その

ものになる。なるたび絶頂に達する。

「イく――――っ！」

ある時は、天真爛漫に。

「イくぅ！」

ある時は、恥じらいながら。

「ごめん、イッちゃう！」

時には、謝罪し。

「イくってば！」

牽制し。

「いや、もうイッたってば！」

叱責をもする。

「無理だ」

海馬は女にくわえられながら、そして泣きながら呟いた。

「もう、無理だ！　キャパを超えてる」

海馬は女を突き飛ばし、バスローブの前をはだけたまま、舞台から飛び降り、皆がまぐわっている狭間を通り抜け、体育館から飛び出し、廊下を右に曲がってすぐのと

ころにあった多目的トイレの扉を勢いよく開けた。

便座に黒いピンヒールの片足をかけた全身ボンデージファッションの長身の女が、鞭を構えて待っていた。

「あずさです」

「え？」海馬はのけぞった。

「あなたのおかげで、聖矢、ナンバー1どころか、店を開く資金たまったんだって。おかげで私も卒業よ。だから今日はサービス」

「……そうか。よかった」

「てか、閉めなさいよ！」

海馬が扉を閉めると、すぐさますでにはだけて剝き出しになってしまっている胸に一本鞭が飛んできた。

海馬の絶叫が、森に響いた。

3本ほど鞭をくらい、ほうほうのていで海馬が体育館に逃げ戻ってくると、トラックが入り口に横付けされ、数本のドラム缶が屈強そうな作業員によって搬入されるところだった。

作業員が最初のドラム缶を室内の真ん中で横倒しにして、そこに数組のカップルが

いるのも目に入らぬ様子で、あるいは、かまうなと言いつけられているのか、まず1本目のローションを床にぶちまけた。

ヌルヌルした液体が、溶岩のように放射状にゆっくり広がり、人と人、カップルとカップルの間を埋め、つなげてゆく。いつの間にか乱交に参加していた糸井は、なぜか数人の裸の男女に顔を床に押し付けられていて、糸井の顔面にもそのヌルヌルは襲いかかり、糸井の歓喜の表情ごと透明のヌルヌルでコーティングしていく。

そして、それを皮切りに、すべてのドラム缶が乱交現場を囲むようにひっくり返され、体育館にいるもの全員が、そのヌルヌルに覆われていき、あるものは、ヌルヌルしながらも果敢に新しいヌルヌルに飛び込み、まぐわっていたものが、押し流され引き離され、そのまま別のものとまぐわい、3人ほど折り重なっていたものは、ヌルヌルに押し流され、壁に突き当たり、また押し返され、別のものたちと合流し混じり合い、乾いたところなど一つもない、目や鼻や手や足が無数にある、巨大な生きたもんじゃ焼きのような生き物へと一体化してのたくり始めるのだった。もう、歓喜の声は聞こえない。ときどき、ローションの被膜の中から大口を開け「ぶはあ」と空気を求める音が聞こえるのみで、みな、セックスそのものより、ただただ、男も女もその肉体がからみ合いもつれ合い一つになることに悦びを感じているようだ。その姿はグロ

テスクではあったが、皆ひたすら無心で邪気が抜け落ち、なんだかケガレのない姿のような気がしてくるのである。

「これが、女の沼か……」海馬は呟いた。

ライブが始まった。

♪私ゃ真室川の梅の花　コーオリャ
あなたまたこのまちの鶯《うぐいす》よ（ハァ　コリャコリャ）
花の咲くのを待ちかねて　コーオリャ
蕾《つぼみ》のうちから通ってくる（ハァ　ドントコイ　ドントコイ）

海馬はこの光景を綾子に見せてあげたいと思った。それが、生きるのにとても不器用な海馬の、あがきのたうち、自分の身体と脳みそに鞭打ち働き、嘘もつき、つかれ、人を押しやり押しやられ、人の醜さに傷つき、人をオノレの醜さで傷つけ、それでも人から離れられず、人の海に潜り、時折清浄な空気を求め息をつき（その場所には綾子がいてくれたはずだったが）、青息吐息で生きてきた、これまでのオノレの人生をまるごとインスタレーション化したもののような気がしたからだ。海馬は、バス

ローブのポケットからスマホを出し、綾子が出て行って、初めて、綾子にLINEで電話した。出ないかもしれない、と思ったが、20秒ほどで綾子は出た。

「あなた……」

沈んだ声だった。

「綾子。カメラに切り替えろ」

久しぶりのコミュニケーションの動揺を抑え、海馬は冷徹に言った。

とまどうような沈黙があったが、LINEはカメラに切り替わった。少しやつれたような綾子が画面に登場した。すぐさまその背景を確認したが、それは、どこかのビジネスホテルの一室のようだった。

綾子の方からは、この天国と地獄が入り混じった宗教画のような異様な光景が目に入っているだろう。

「綾子、おまえはあの日、俺に本心を晒してくれただろ？　だから、俺も晒すよ」

「本心？　……そうね。あなた元気にしているの？」

「見ろ。これが、俺だ。俺、そのものだ」

海馬は、ローションでビタビタになった床を転ばぬように注意しながら隅の方に避難している女性スタッフに自分を映すように言ってスマホを渡し、バスローブを脱い

で全裸になりローションの沼に飛び込んだ。

「あなた！」

綾子は叫んだ。

♪蕾のうちから通ってはみたが　コーオリャ
ひらかぬ花とて気がもめる（ハァ　コリャコリャ）
早く時節が来たならば　コーオリャ
一枝ぐらいは折ってみたい（ハァ　ドントコイ　ドントコイ）

綾子は、スマホの画面の中で鼻を真っ赤にし、夫が無数の男女とローションまみれで絡まり合うのを生中継で見ていた。海馬は、時折、肉体とローションの中華丼のようなかたまりの中からクジラが潮を噴くように「ぐはあ！」と息をしては、また、潜っていった。いつの間にやら、糸井が海馬の後ろに貼りついていた。「海馬さん、あんた最高だよ」海馬の身体にしがみつき、口からローションの水泡を出しながら糸井は言った。

尻に異物を感じた。

「ごめんなさい、入っちゃったみたい」

少し考えて海馬は口を拭い、言った。

「……まあ、いいよ」

海馬が混じった「女の沼」は、さらに躍動感を増し、うねうねと体育館の中を顕微鏡でのぞいた精子のように無目的に動き回った。こんなに大勢人がいるのに、それはまるで一匹のさまよう孤独な化け物に見えた。

画面の中の綾子は泣いていた。

「私……こんなになるまであなたを傷つけてしまったのね……」

綾子は、ハラハラと涙を流しながらそう言った。


一度も射精しなかったが、これで、50人、抱いたことにした。


キレイな月が出ていた。

その夜、初めて美月を抱いた。そのとき、綾子の姿は脳裏に現れなかった。まだ、なにも決着がついていないまま、このまま、この子を好きになっていいのだろうか。

抗いがたい魅力が美月にはある。しかし、自分はまだ綾子に筋を通しても通されても

いない。なのに、この子に恋をしかけている。

胸が痛い。

ベッドに横たわり、瞬間的な睡魔に襲われ薄い寝息を立てている美月の顔を見ながら海馬は呟いた。

「これは、数には入れられないな」

その声に、美月は目を覚まし、海馬が見つめているのに気づき、ふっと笑って言った。

「なに？」

「……いや」

「ねえ、海馬さん」

「なに？」

「そういえば、例のミュージカルの代役の件なんですけど。前向きに考えさせてもらっていいですか？」

「……ああ」すっかりそのことは忘れていた。

少し言いにくそうに美月は続けた。

「ただ、それをうけると、これは、まじめな話なんですけど、バイト辞めなくちゃい

けないんですね。だからワンステージいくらか聞いとかないと安心できないんです」

「……そうだね。それはそうだ」

「あと、どこか芸能事務所、紹介してくれると嬉しいな。フリーだと、どうしてもきつくて」

「…………」

海馬が黙っていると、また、美月は眠りに落ちた。

73人。

心で海馬は呟いた。胸の痛みは消えた。残りは35人。

窓の外を見ると、もう灯りの落ちたビル群が青い夜の中に黒く浮かび上がり、それが波打つ夜の海のように見えた。

それを見ながら、海馬は数時間前に聞いた歌を、呟いていた。

♪夢を見た　夢を見た　夢を見た　コーオリャ
あなたと添うとこ　夢を見た（ハァ　コリャコリャ）
三々九度の盃を　コーオリャ
いただくところで目が覚めた（ハァ　ドントコイ　ドントコイ……）

父の葬儀や遺品の整理も一段落し、一時閉店していた『ソレッラ・ヌーダ』にはいつもと変わらぬランチタイムが訪れていた。テラス席では、渋谷のホテルからキャリーバッグを持ってきたやけに仕立てのいいスーツ姿の海馬と、美津子と、糸井が、パスタを食べながらビールをやっていた。

「いやあ、あの日は、ちんぽこ使い過ぎて、消しゴムになるかと思いましたよ」糸井が言う。

「また、バカ言っちゃってる」と、美津子が笑う。

「しかし、都市伝説的には聞いてたけど、ほんとにあるんですね、女島」

千葉の港から漁船をチャーターして行けるその島には、少なくとも30人の娼婦ばかりが住んでいると聖矢は言った。

その島を1日借り切って108人、娼婦を買ったことにする。そこで有り金を使い果たせばいい。当面の生活費は、糸井が「女の沼」のお礼に貸してくれることになっていた。遅れて入って来る原稿料や、著作権料もある。帰ってきたら『夫のちんぽが次第に消えた』のシナリオ化にとりかかればいい。とにかく一度スッカラカンになりたかった。

美津子が言った。

「大丈夫なの？　ヤクザが絡んでる気がするわ」

「1日でかたをつけるんだ。多少のリスクはしょうがない」

「ある意味男の夢ですがね」

「こんな形でかなえたくなかったがね」海馬が、煙草に火をつける。

マリが赤ワインのカラフェを持ってテーブルに来た。決して明るくない表情だった。

「おにいちゃん、言おうかどうしようか迷ったけど、これ見てくれる？」

マリは自分のスマホを海馬に渡した。

「見る前に、1回深呼吸してね。これ、ケイ・モリヤマのホームページで売ってるアプリなんだけど。この間、見つけちゃって」

「………」

見ると「ケイ・モリヤマファンクラブ『白蛇の集い』特製、妄想結婚アプリ」と、ある。

このアプリを購入して、自分の顔写真を送ると森山と、パーティーをしたり、海辺を散歩したり、結婚式風の写真が合成できるサービスだ。

海馬は、自分の顔から音を立てて血の気が引いていくのがわかった。

美津子と糸井が覗き込んで顔をしかめる。

「なにこれ、めちゃくちゃきもいんだけど。コンテンポラリーダンサーのやることと？」

「へえ、顔だけ合成されるんだ。よくできたもんですな」

マリが、海馬と目を合わせられない感じで言う。「て、ことは……ということなんだけど、おにいちゃん、見てみて。綾子さんのフェイスブック」

海馬は、震える手で自分のスマホで綾子のＦａｃｅｂｏｏｋを立ち上げる。森山と写っている写真は、よく見ると、いや、よく見なくても、綾子の顔だけ合成したものだ。打ち上げの写真も、海辺の写真も、結婚式風の写真も、よく見れば、いや、よく見なくても、不自然に綾子の顔だけ輪郭線が浮いているではないか。

言葉を失った。ただただ自分の嫉妬が、その輪郭線をぼかしていたのだ。

あの日、孤独にビジネスホテルでいたずらに森山を思うだけの綾子を想像し、不憫に思った。そうでないでほしいと願った。しかし、それは、そのまま、彼女の本当の姿だったのだ。

フェイクだったというのか。あの写真も。

そのとき、重低音の効いたヒップホップを豪快に鳴らしながら銀色のマジェスタがテラス席に横付けされた。軽くクラクションが鳴って、聖矢が窓から顔を出した。

「海馬さーん、行きましょう」

マリが、海馬の顔を覗き込んだ。見たことのないような真剣な顔だった。

「やめなよ。おにいちゃん。いい歳してすっからかんになるなんてバカげてる。許してあげない？　気の迷いだったのよ」

ほんとにいい妹だ。心から海馬は思った。

「……マリ、親父の遺産で、この店の借金くらいは返せそうか」

マリは、しばらく黙り、兄の言葉の真意を汲んで、苦くうなずいて言った。

「ええ、ありがたいことに」

この男、やはり金を使い果たす気に変わりはないらしい。マリの顔はそう語っていた。

海馬は、虚ろな様子で荷物を持ち、夢遊病者のように頼りない足取りで、マジェスタまでたどり着いた。

## エピローグ

船が港を出てから1時間がたつ。

空の色を映した海は、ひたすらに暗い。

聖矢は漁船に備え付けてあった電気コンロでスルメを焼いて、ビールを飲んでいる。

行く先にはまだ、水平線しか見えない。

自分は、女島で金を使い果たす。計108人の女を抱く。いや、抱けないが、貸し切ることで抱いたことにする。しかし、その先になにがある？　暗い海の底に何があるのか知れないのと一緒で、何もわからない。見えていない。だから仕立てのいいスーツを着て来た。漁船にいるのに。不安な外出の時は、いつもそうするように、海馬はスーツを着ているのだった。

聖矢は、双眼鏡で、海の向こうを見た。

108

「あと、もう1時間ぐらいで着く感じなんすけど、まだ、見えないっすね」

「ああ、そう」

「黒人もいるらしいすよ。どんな感じなんすかね、島ごと女買い占めるって」

「どうだろうね」

「俺もあれっすよね。女抱くの手伝っていいんすよね」

「もちろんだよ」

「たまんないすね。一度俺、黒人抱いてみたかったんす！　……あ！」

「ん？」

聖矢はもう一度双眼鏡を構えなおした。

そのとき、海馬のスマホが鳴った。綾子だった。「綾子」という文字を見たまま30秒ほど身動きできなかった。何を言われる？　何を言えばいい？　しかし、これ以上出なかったら切れてしまうだろう。切れたら、もう、二度と彼女からの電話はないだろう。そんな気がしてならない。意を決して海馬は通話ボタンをタップした。

向こうからもかすかに波の音がする。どこの浜辺だろう。いつか海馬と夜明けに散歩した浜の、朽ちかけたベンチに腰掛け、綾子は電話している。海馬はそう想像する。

「……あなたよかったわ。出てくれて。ううん、東京じゃない。今、ツアー先の海の傍の宿にいる。でも、もう、正直どうでもよくなってる。あなた、船に乗ってるの？」

儚げな声だった。

「……まあ、そうだ」

「この間、あなたの映像を見せられて完全に目が覚めたわ。私は、帰らなきゃね」

「…………」

「帰らなきゃね！」

綾子は強く言い直したが、海馬は応えない。応えることができない。

「いい訳にしかならないのはわかってる。……怖かったの。このままあなた以外の誰も好きになることも、誰にも好きになられることなく、年老いて死んで行くのが。その時目の前に現れたのが森山君だった。ロックミュージシャンだったらそうはならない。コンテンポラリーダンサーだってことに、意表を突かれたの。それだけ、多分、そう」

「だっておまえ、刺青まで入れて……」

「ああ、あれ？　あれは、タトゥーシールよ。ファンクラブで売ってるの」

「タトゥー……シール？」

頓狂な声が出た。そんなものの存在は知らなかった。

「ごめんなさい。私は私で、戦っていたの。再放送で見るミステリードラマに出て来る永遠に若いままの自分と、現実の中で老いさらばえていく自分。テレビをつけるたびそれを突き付けられるのよ。……信じて。森山君とは、ほとんど言葉すら交わしたことがない。スマホで始まって、スマホで終わった、なんというの？　ささいな冒険をして現実に抗いたかった。それだけなの」

綾子の声は、うわずっていた。洟を啜っているのがわかる。

「でも、勝手に冒険するには、あなたが不憫すぎる」

「不憫……」

不意に、綾子の感情は決壊した。

「それにもう、疲れた。帰りたい！　何日も前からそう思っていた。でも、意地はってた。だけど、もう、降参だよ。ただのおばさんに戻りたい。どんなに復讐されてもいい。それだけのことをしたんですものね。なんにも悪いことしてないあなたに！　あなたを、哀しみに叩き込んだ！　あなたはひとっつも悪くないものねえ」

ひとっつも悪くない。その言葉は、ここのところのオノレの所業を省みてオノレの

胸を刺し貫いた。

「で、あなたは、どうしたいの？」

海馬は、ゆっくりスマホを耳から離した。

受話口からわずかにこう聞こえた。

「私は、ありったけの正直な話をした。と思う。だからお願い。あなたは、どうしたいか聞かせてほしいの。私を、どう裁きたいか、でもいいわ」

あなた……。その言葉は、波とエンジン音にかき消されて行った。

海馬が、電話をやめたのを見て、聖矢はようやく声をかけた。

「見えた！　海馬さん、島が見えて来ましたよ！」

ドッドッドッドッ。船はまっすぐに突き進んでいる。ドッドッドッドッ。しかし、音の割には波が荒く進みは遅い。

指さす方に、その彼方に、青黒い島が見える。

海馬は微動だにしない。

いや、できない。

初出　「小説現代」２０１８年８月号

## 松尾スズキ（まつお・すずき）

1962年、福岡県生まれ。1988年、舞台「絶妙な関係」で大人計画を旗揚げ。以降、主宰として数多くの作品の作・演出・出演をつとめる。1997年「ファンキー！～宇宙は見える所までしかない～」で第41回岸田國士戯曲賞、2001年「キレイ―神様と待ち合わせした女―」で第38回ゴールデン・アロー賞演劇賞を受賞した。2004年『恋の門』で映画監督デビューし、第61回ヴェネツィア国際映画祭に出品、2008年『東京タワー　オカンとボクと、時々、オトン』で日本アカデミー賞最優秀脚本賞を受賞。小説では2006年『クワイエットルームにようこそ』、2010年『老人賭博』、2018年『もう「はい」としか言えない』の3作で芥川賞にノミネートされている。本作は2019年秋、映画公開が決定している。


# 108《イチマルハチ》

2018年11月20日　第一刷発行

著者　松尾《まつお》スズキ

発行者　渡瀬昌彦

発行所　株式会社　講談社

〒112-8001　東京都文京区音羽2-12-21

電話　出版　03-5395-3505

販売　03-5395-5817

業務　03-5395-3615

本文データ制作　講談社デジタル製作

印刷所　豊国印刷株式会社

製本所　株式会社若林製本工場

定価はカバーに表示してあります。





Printed in Japan ISBN978-4-06-513662-1

N.D.C.913 206p 20cm